El viatge del Dofí Rialler

Josep Vallverdú

editorial cruïlla
Balmes 245 08006 Barcelona
ediciones sm Joaquín Turina 39 28044 Madrid

Il·lustracions: *Inés Luz*

Comercialitza: CESMA, S.A.
Badalona (Barcelona), tel. (93) 383 10 11
València, tel. (96) 375 50 00
Alacant, tel. (965) 10 44 11
Palma de Mallorca, tel. (971) 75 81 76

ISBN: 84-7629-423-9 (Cruïlla)
ISBN: 84-348-3170-8 (SM)
Dipòsit legal: M-10.375-1990
Imprès a Espanya/*Printed in Spain*
Impremta SM

Per a Isidor Cònsul
i els seus, amb afecte

J.V.

1 *El Llegat*

L'AIRE SEMBLAVA DE VELLUT, dins la Casa de Te de Brynt.

De mica en mica, els clients, quan entraven dins aquelles estances, esdevenien més callats, prudents, com si es trobessin al paradís, damunt aquelles catifes vellutades i darrere els grans finestrals encortinats. Qui llegia enfonsat en un butacó d'orelles, qui jugava a les cartes silenciosament, contra un adversari encara més callat i fantasmal que ell mateix.

Els cambrers caminaven com de puntetes, lliscant, talment ballarines, i servint el te o, més comunament, begudes més fortes. Aquella Casa de Te, amb el temps, esdevindria un dels més famosos clubs britànics: ara com ara, tot just en acabar-se el segle, portava encara aquell nom: Casa de Te.

En una taula situada prop d'un dels finestrals, el jutge Dawson i James Hawkins jugaven als escacs. Les peces eren de bronze i amb anella d'argent al peu.

El jutge en sabia més, de jugar. Ara bé, el mateix jutge havia confessat als altres confrares (així s'anomenaven entre ells, els membres de l'incipient club), que James Hawkins s'hi fixava tant i progressivament aprenia tantes jugades que ell, el jutge, expert en lleis i en tempestes de la vida, estava convençut que el jove Hawkins acabaria fent-se un jugador dels sòlids. Encara que, en aquesta partida concreta, qualsevol observador entès mitjanament en escacs no hauria donat a James Hawkins més enllà de sis o set jugades abans de caure: hi havia greu perill d'enrocament.

Tot això no semblava afectar el jove Hawkins: el jutge dues o tres vegades, des de feia una estona, havia pensat en ell no pas com a «aquest que tinc al meu davant» sinó exactament com a «el jove Hawkins», que és com tots els confrares li deien. I és que quasi constituïa un membre rar, estranyament simpàtic, als seus vint-i-vuit anys, enmig d'aquells altres socis, tots ells vorejant o depassant clarament la seixantena.

Quan va sol·licitar d'ingressar a la Casa de Te ningú no va oposar-s'hi: Hawkins havia fet fortuna, i malgrat la seva joventut, era un conegut navilier, posseïdor de no menys de cinc vaixells navegant entre Escòcia i el sud de Gran Bretanya, i amb dues línies de mercaderies a Europa. Transportava càrrega en general, i tothom sospitava que la seva empresa s'expandiria vers d'altres indrets del globus.

—Us haig de prendre el segon cavall, Hawkins —anuncià el jutge, acompanyant amb suavitat la peça fora del tauler, talment hagués agafat el cavall pel ronsal.

—Paciència —féu James Hawkins, sense alterar-se, més aviat somrient. Aquesta era la seva manera de manifestar-se en tota ocasió. Hawkins era un tipus optimista. Tots els altres socis se l'estimaven de debò, entre altres raons perquè tots es consideraven un xic com oncles seus.

—La necessitareu, vós que teniu encara molts anys pel davant. I no faig pas, ara com ara, referència a la vida de casat. Que, dit sigui de passada, és condició que demana també de tan acreditada virtut —va dir entre dents i pensant la propera jugada el jutge Dawson. I afegí—: I les noces seran aviat?

Tot just Hawkins havia fet el moviment, que ja el jutge li prenia un alfil. Després se'l mirà inquisitivament, esperant la resposta.

—Un mes. D'aquí un mes just coincidiran el meu casament i la botadura del nou veler.

—És veritat que voleu fer-lo recórrer tots els oceans?

—Secret, secret.

L'encert a muntar l'empresa naviliera no fou solament del joven Hawkins, sinó també del doctor i magistrat Livesey; aquest, en envellir, havia deixat l'exercici de la medicina i administrava la seva pròpia fortuna més la del noi. Foren els seus consells els qui conduïren el jove pel camí fruitós; el magistrat Livesey, però, deia que sense un cap ben brillant, com el que tenia el seu fillastre, de res no haurien servit els seus consells ni la bona administració. Hawkins havia estat en contacte amb la mar de ben petit, i des que tornà del llarg viatge amb la *Hispaniola* i que es posà a estudiar, protegit tothora per l'aleshores doctor Livesey, començà a pensar que un dia tindria vaixells de propietat. Livesey li donà una bona empenta i s'associaren tan bon punt Jim Hawkins acabà els estudis. En ben pocs anys es veié dominant una bona part del transport marítim de la costa occidental de Gran Bretanya, Irlanda i el Canal. Els seus coneixements i relacions s'havien vist incrementats amb el tracte quasi diari amb els venerables membres de la Confraternitat de la Casa del Te de Brynt.

Ara caigué una torre, contra un peó que obtingué Hawkins.

—És una fragata? —tornà a insistir, tafaner, el jutge.

—És la millor de les fragates, si volíeu saber-ho. Portarem catorze homes de tripulació, però jo podria dur-la al port més llunyà només amb deu. Té la línia més moderna que pot veure's avui dia. Hem pensat tots els detalls.

—Si trobeu bons vents —digué el jutge movent ara la torre i amenaçant implacable la posició de Hawkins—, arribarà on vulgui. Prou podrà moure's més que no vós ara —conclogué, fent amb el dit el dibuix de la situació compromesa de Jim al tauler. I a continuació tornà a aixecar la vista i comentà:

—Em sembla que vénen per vós.

El cambrer major s'havia acostat a la taula. Va inclinar-se davant James Hawkins, oferint una tarja que duia a la safata.

—Per a mi? —s'estranyà Hawkins.

—En efecte. Si em permet el senyor, el cavaller de la targeta espera a la sala del costat.

El cambrer féu dues passes enrere i esperà. Quan Hawkins hagué agafat la nota doblegada, el jutge s'arrepapà, posant un xic de discreta distància entre ell i la nova situació. La targeta féu un soroll que semblava estrepitós, en ser desplegada.

—És d'un advocat per a mi desconegut, Dawson —digué James Hawkins, tot allargant la targeta al jutge. Aquest s'aplicà un monòcul amb mànec prop de l'ull. Pensà un xic i després:

—N'he sentit a parlar, crec que és un bon advocat, sí. Exerceix a Bristol.

—Què deu voler? —demanà Jim en veu alta, recuperant la targeta.

—Rebeu-lo i ho sabreu. A mi, ara, perdoneu-me uns instants.

I el jutge, per més discreció encara, es retirà.

Jim Hawkins aixecà la vista cap al cambrer. Aquest interpretà la mirada.

—El faig passar aquí, senyor?

—Aquí mateix, gràcies.

Hawkins estimà que, fos com fos, no ha-

via de tenir més curiositat que per qualsevol altra visita. I es concentrava a estudiar uns instants el tauler, quan l'advocat pronuncià, ran de la taula:

—¿Tinc l'honor de trobar-me davant el senyor James Hawkins?

Hawkins agità la tarja que tenia a la mà i el féu servir d'indicador de la butaca del davant.

—Seieu, senyor procurador. Us puc oferir alguna cosa?

—Gràcies, senyor; res per ara. Us agraeixo l'amabilitat.

Va seure i col·locà un maletí de secció quasi rodona als seus peus. Era un home de faccions vulgars, amb una armilla curta groga, de les que presagiaven la nova moda. Era l'única nota de color en tot un vestuari totalment fosc.

—Us escolto, procurador —va dir Hawkins.

L'advocat engolí saliva i parlà amb veu lenta:

—La meva missió és breu i concisa, senyor Hawkins. Una persona, actualment en el llit d'agonia, m'ha encarregat que us lliuri, a tall de llegat testamentari, un objecte.

—Quina persona és, aquesta? —se sorprengué Hawkins.

—No en puc revelar el nom. Diu la referida persona que vós ja sabreu qui és. Demana, però, que el seu nom no sigui mai pronunciat.

—No ho comprenc del tot, però cal respectar les intencions d'un, com vós dieu, moribund. I dieu que és un objecte?

—Segons el donador, un objecte que segurament us interessarà molt. Així ho creia aquesta pesona.

—I l'he d'acceptar?

L'advocat féu un gest tímid.

—Podeu renunciar a l'obsequi... tot i que, pel que he sentit, l'objecte tindria per a vós, presumiblement, un valor sentimental.

Inclinant-se lentament, obrí el maletí i n'extragué, embolicat amb un drap negre, un objecte llargarut que es posà a la falda.

—Teniu. Agafeu-lo.

Hawkins el desembolicà i ofegà un sospir. Romangué uns instants amb l'ullera de llarga vista giravoltant lentament entre els dits.

—El cel em valgui.... —bleixà. I aixecant la veu, imperiós:

—On és el donant?

L'advocat mogué el cap.

—Recordeu: cap detall. Tal vegada tingui poques hores de vida. Potser a hores d'ara és ja traspassat.

James Hawkis, pàl·lid, es posà dret i deixà caure els braços, un d'ells sostenint la ullera.

—Accepto el llegat —declarà—. Déu em valgui...

Com un autòmata, caminà fins a la finestra. Entre les dues cortines apuntà la ullera, enfocant-la a l'altra banda del petit parc. Estigué uns moments mirant amb delectança.

—Tinc el rebut. Me'l signareu? —demanà la veu de l'advocat, que semblava que venia de molt lluny.

—Després. Ara, deixeu-me mirar —féu Hawkins, amb una entonació misteriosa.

Una rialleta incòmoda omplia el rostre de l'emissari, mentre demanava, com per fer temps:

—És bona ullera? Es veu bé l'altra banda de parc?

Hawkins, aleshores, va aixecar el to de veu. I de manera penetrant va dir, sense tombar-se:

—Res de parc! Us diré el que hi veig. Veig

unes palmeres, una platja, una boira baixa matinal, uns rierols pantanosos.... Un fortí; tres muntanyes puntudes, al davant mateix dels meus ulls. Veig coses que no havia vistes feia divuit anys.

2 *Notícies d'algú*

—ESTIMAT AMIC HAWKINS —va fer el jutge Dawson, agitant vigorosament el bastó que duia a la mà—. Estimat Hawkins...

De lluny feia l'efecte que el jutge volia exhibir el bastó, tanta força imprimia al moviment en molinet del seu braç. Cal dir que era un bastó de puny de vori, que algun amic li havia portat de l'Índia. Però de fet, si el bastó es movia enèrgicament, era només obeint a l'entusiasme del magistrat.

—Estimat Hawkins —va dir per tercera vegada—. Estic engrescat amb la vostra idea. Realment, tinc enveja de la núvia, si em permeteu de dir-ho.

—Podeu tenir-la-hi, perquè ella té la sort de fer el viatge, us ho concedeixo. Ara bé, també ella us podria envejar a vós aquest generós entuasiasme.

—Voleu dir que ella no està boja d'alegria?

El jove Hawkins continuà caminant, obligant ara el jutge a alguna accelerada.

—Mireu, és que la sorpresa que va endur-se'n la deixà, de moment, quasi sense poder reaccionar. Després li vingué una gran alegria, davant la proposta. I darrerament em fa la impressió que sospesa alguns dels inconvenients de la travessa.

Es posà a ploure finament. Els dos homes decidiren de ficar-se als porxos de vora la catedral. La pluja s'enfortí i ara queia amb pesants gotes.

—M'ho afiguro prou bé —va fer el jutge—. Ara mateix, si ella veu aquest plujot i pensa que pot abatre's damunt el veler en alta mar...

—Tot amb tot, em sembla que en el fons ja està impacient per emprendre el viatge.

Quan la pluja va afluixar, ho aprofitaren per acomiardar-se i anar cadacun a casa seva. El jove Hawkins, en arribar-hi, es trobà amb la sorpresa de la visita de la seva mare i el doctor Livesey.

Com si l'elegància del doctor s'hagués encomanat a la seva muller, la senyora Livesey anava bellament vestida, i semblava vint anys més jove que l'edat que realment tenia.

Jim Hawkins, però, la veuria sempre com quan maldava per tirar endavant la posada de l'Almirall Benbow, i no era encara la muller d'un «senyoria».

—Com tens els preparatius, Jim? —demanà el doctor, un cop tots ells s'hagueren abraçat, petonejat i copejat l'esquena.

—Seieu, seieu. Dessy! —demanà aleshores, a la minyona, que ja devia estar espiant perquè, malgrat que sempre es queixava de mal de cames, estava amatent, possiblement escoltant rere la porta, i que aparegué com un llamp—. Dessy, vols portar-nos alguna cosa de beure?

—Ja els n'he ofert, valga'm l'estrella! —digué la vella minyona—. Ja els n'havia ofert, però *a mi* me l'han refusada.

—Dessy, Dessy... —va fer la vídua Hawkins tota enriolada—. No diguis coses. Esperàvem, només, que hi hagués el meu fill.

Dessy sortí per reaparèixer al cap de poc amb una ampolla i copetes. Jim no va beure, però serví els dos visitants.

—Veníem, a fer algunes compres i a més —explicà el doctor— a veure què ens expliques del viatge.

—Ai, el viatge de noces, fill meu... —digué la mare, pensarosa.

—Doncs, mireu, —va respondre Jim Hawkins—: Marion està encisada. Tenim les coses ja ben a punt. Diria que el viatge té els preparatius totalment fets, cosa que no podem dir de la cerimònia de casament.

Van riure per la sortida de Jim.

—El rector ens ha promès que tot estarà a punt per al dimarts, fill meu —conclogué la mare—. Ara, digues-me: estàs ben decidit a fer un viatge de noces tan llarg?

El doctor Livesey intervingué:

—Quan la teva mare diu «tan llarg» vol dir «tan arriscat». Per la meva part trobaria arriscat fer-lo en les circumstàncies de l'anterior, ara fa disset anys. Avui les coses han canviat, l'experiència hi és i jo diria que, de pirates, no n'hi ha pas els ramats que n'hi havia en els nostres... en els meus temps.

Jim Hawkins va asseure's al braç de la butaca de la seva mare. Mentre, el doctor encenia una pipa ajupint-se vora la llar de foc.

—He triat personalment la tripulació —aclarí Jim—. També hom podria objectar-me que en el primer viatge la tripulació la trià igualment el responsable, en aquell cas el cavaller Trelawney. Hi ha una gran diferència, que vós, senyoria, hauríeu d'haver afegit a la de la major seguretat d'avui dia:

i és que jo entenc de la mar i el cavaller Trelawney no. I a ell el van ensibornar; i l'únic que va veure clara la cosa —o fosca, si volíeu, però poc fiable—, fou el capità Smollett.

—El qual hauries de visitar. He sabut que viu a Lorimer School, retirat del seu càrrec d'antic director de l'escola naval.

—L'haig d'anar a veure, i tant. Em doneu una alegria. És un home a qui havia perdut la pista.

—La Corona li va atorgar una pensió honorable. Serà un bon detall de visitar-lo. Estic sospitant que no li agradarà que tornis a l'illa.

—Parlant de l'illa. Tinc una relíquia. Quan me la van donar de poc que no em fan figa les cames.

—Què és? —demanà la mare.

—Sí, no ens facis delir.

Jim anà a la calaixera i, obrint un calaix, en tragué la ullera de llarga vista.

Mentre s'acostava, més aviat solemnement, al doctor, aquest anava enfosquint els ulls i tancant els llavis com si volgués fer un xiulet. Acotava el cap per veure més de prop aquella peça que Jim sostenia amb les dues mans.

—Relíquia d'aquells temps... —comentà el doctor—. Puc...?

Fent que sí amb el cap, Jim la hi deixà. El doctor, al seu tacte, tingué un petit sobresalt.

—D'on l'has treta? Sembla talment la de John Silver.

Jim va deixar-se caure en una butaca, per primera vegada. Esbufegà un xic i va dir, quasi entre dents:

—És la de Silver.

—Però... com ha vingut en poder teu?

—El pobre diable ja deu ser mort. Abans de morir la donà a un advocat, amb l'encàrrec que me la fes arribar. D'això fa ja un mes.

—I no en saps més detalls? On és, o on era, Silver?

El doctor semblava angoixat per tot l'afer.

—No en sé res. L'advocat, que era de Bristol, va declarar solemnement la voluntat del moribund de no revelar el seu nom ni cap circumstància que permetés que jo pogués trobar-lo ni veure'l. Em llegava la ullera; «al meu bon amic Jim Hawkins», textualment, i res més.

—El gran pillastre... —féu Sa Senyoria Livesey deixant delicadament la ullera damunt una taula i recollint-la immediatament després per lliurar-la a la seva muller, que feia gest de voler examinar-la—. Ha tingut un detall, al capdavall. Sempre va estimar-te, Jim, aquell grandíssim pirata.

—Mireu —féu Jim—. Potser va ser aquest fet que em determinà a fer el viatge de noces a l'Illa del Tresor. I això que havia jurat que mai més no hi tornaria. Però, tot plegat, el fet de tenir aquesta ullera, l'esperit animós de Marion; la circumstància d'haver enllestit el *Dofí Rialler*, em van decidir a fer el viatge. I tan bon punt li passà la sorpresa, Marion se'm tirà als braços. Què més volia?

—I de tripulació, dius que tot està arranjat?

Jim assentí.

—Capità Buxton, pilot Sibley, contramestre Ogden. I deu mariners. Tot això farà els homes de maniobra. De passatgers, Marion, el marit de la Marion i Elsa, la minyona de Marion.

—Quina manera més curiosa tens de parlar, fill meu —intervingué la seva mare—. Has dit «Marion» i «el marit de Marion», en comptes de dir «jo».

Jim va riure, tot jugant ara amb la ullera entre les mans.

—A vós us diuen senyora Livesey o vídua Hawkins, segons siguin de la ciutat o del rodal de l'antiga posada... El doctor continuarà sent el doctor malgrat que ara és només magistrat... El nom no fa —i alhora fa— la cosa.

Llavors entrà Dessy dient que un tal capità Buxton volia veure el senyor.

—Ah, Buxton.. arribeu al punt —comentà Jim tan bon punt Dessy s'havia retirat amb l'encàrrec de fer passar el capità del *Dofí Rialler*.

—Hmm.

El capità Buxton era un home més aviat baix, caravermell i de cabell cresp i gris. Tenia un rostre que semblava tallat a cops d'escarpa. Va inclinar-se cerimoniosament davant la senyora Livesey, i saludà, duent-se la mà al pit, el doctor.

—Vinc —va fer, declinant d'asseure's, perquè segons deia tenia molta pressa— tan sols per anunciar-vos que hem trobat uns bocois de fabricació holandesa excel·lents per al transport d'aigua. I si no hi teniu res en contra, els encarregaré. Teniu.

Lliurà un paper a Jim.

—Ah, és el pressupost —féu Jim Hawkins—. Em sembla bé... no? —Demanà parer al doctor, el qual mirà per damunt el muscle del seu fill sobrevingut.

—Quin avantatge tenen, aquests bocois? —demanà el doctor.

—La capacitat, senyor, senyoria —es corregí—. He pensat que en una travessa marina tan llarga, amb possibilitat de retards per causa de temporals..., ens convé poder garantir l'aigua.

—Molt bé —decidí Jim—. Endavant. Permeteu-me ara que us proposi d'acompanyar-me, si us sembla bé, en una visita al capità Smollet.

—És que ha de venir amb nosaltres?

—No crec que vulgui. No, Smollet fou qui més cremat quedà de la primera expedició de l'Illa del Tresor, encara que n'obtingués un benefici material. És que ens hem assabentat que encara viu, i el voldríem anar a saludar.

—Sé que és a Lorimer School, senyor. Jo he pogut llegir, en una altra escola, uns temes de navegació escrits per ell. El tinc reverentment considerat. Us hi acompanyaré amb molt de gust.

—D'acord —decidí Hawkins—. Posem... demà passat?

—No hi faltaré.

—Sortirem d'aquí mateix a les deu del matí —informà Jim.

—I no us deixeu impressionar, capità, si el vell Smollet diu penjaments d'aquest viatge —conclogué el doctor, encenent un cop més la pipa.

3 *Primera carta de Marion*

Dilluns, matí

Estimada tia Cecília:

Tinc tantes coses per dir-te que no sé com començar. Però tu i jo som prou amigues i no em cal fer compliments; tiro pel dret.

Me l'estimo, sí, ja que m'ho preguntes. Me l'estimo i estic segura que amb ell al costat puc abastar el cel. L'àvia diria que sóc una descarada, perquè ella creu que sempre hem d'amagar els nostres sentiments o manifestar-los com si els exhibíssim en una vitrina. I no! Tu i jo sabem que la riquesa més gran de l'ànima són els sentiments. Me l'estimo.

Jim Hawkins és un home que s'ha fet ell mateix. Res no hi fa que l'origen de la seva fortuna, segons que diuen, provingui de l'expedició que féu ara fa... no ho sé exactament, però ell devia tenir deu o onze anys, vull dir que, segons m'han contat, tothom en va parlar, a l'Illa del Tresor, del Pirata Flint. Quan ell conta com va entrar en contacte amb la notícia del tresor de Flint, el relat resulta estremidor. Imagina't que la família de Jim tenia un petit hostal a la costa nord, a la regió dels vents, i en temporada de pocs hostes s'hi anà a refugiar un vell pirata a qui deien capità, home esfereïdor i esponja de rom! Uns altres pirates el buscaven, van saquejar l'hostal, pocs dies després de la mort del pare de Jim, el pobre. El vell «capità» també va morir en un interval entre atacs dels pirates, i Jim pogué extreure del cofre del corsari el mapa de l'Illa del Tresor, que els antics sequaços de Flint buscaven. Ui, és tot molt embolicat, però el que importa és que Jim i els seus amics van poder organitzar l'expedició a l'Illa del Tresor. Ah, haig de parlar-te dels seus amics, en aquell temps; bona gent, nobles senyors que van ajudar-lo a ell i la seva mare. De primer, el doctor Livesey, metge del comtat i magistrat de zona, assidu visitant de la posada de l'Almirall Benbow, i pres de tanta simpatia per la mare de Jim que, anys després, quan tant ell com ella eren ja ben grans, li proposà de casar-se. I el doctor Livesey ha esdevingut un nou pare per a Jim. Ell fou qui el féu estudiar, i qui administrà, aconsellant la seva mre, la hisenda que els havia pervingut del repartiment del tresor. Després, el cavaller Trelawney, que organitzà l'expedició, no pas massa encertadament, segons que deia el tercer personatge, el capità Smollett. D'entre els pirates, en destaca John Silver, anomenat Long John, traïdor, mentider, però fi com una mostela. Home sense principis, maniobrà amb destresa per no ser atrapat ni pels uns ni pels altres. També ell obtingué beneficis del tresor, encara que basats en el furt, que Déu l'hagi perdonat! Dic això darrer perquè, segons Jim, ja deu haver mort. Abans de morir, no fa gaires dies, envià un advocat a regalar, com a homenatge de moribund, la seva ullera de llarga vista a Jim, tot mantenint-se en l'anonimat... És clar, era ell. Qui, si no, hauria dit «el meu bon amic Jim Hawkins»?

I Jim, tot d'una, em proposa: «Vols que fem el viatge de noces travessant l'oceà, fins a visitar l'Illa del Tresor?» Em vaig quedar parada, car en principi havíem pensat d'anar a visitar ciutats del Continent, Praga, Viena, París, Hamburg, Berlín... Després, tot d'una vaig imaginar una illa amb palmeres, plena de sol, amb l'escuma blanca de les onades, i tortugues gegants, cocoters i la volta immensa de la nit encesa de milions de punts de foc dels estels... Ja m'arribava la brisa de la mar, sota el velam. Ja sentia els crits dels mariners rítmicament, «ahó, ahó» mentre hissaven la vela, desplaçaven el bauprès o llevaven l'àncora amb el cabrestant.

Tinc unes ventades de bogeria quasi infantil, de vegades. Ja ho saps, que en això m'assemblo a tu. I fou llavors que vaig sentir dintre meu com una marea incontenible i ràpida, una força que quasi m'aixecava de terra. I em vaig tirar als braços de Jim dient solemnement: Ssssí!

Anirem, doncs, a l'Illa del Tresor. Et diré el recorregut tal com, de moment, Jim el té esbossat. Cal dir que poden fer-s'hi algunes modificacions per part del capità Buxton i del pilot Sibley —aquest perquè ha fet aquella ruta, amb algunes derrotes variables, un bon plec de vegades.

De primer anirem fins a les Canàries, o Illes Afortunades. Des d'allí, on haurem proveït definitivament d'aigua i d'animals vius, emprendrem el rumb oest, i ja no ens en desviarem gens fins a la zona de l'illa. Saps què?

És que veig Jim tan il·lusionat que em sembla que és la meva obligació d'esposa de seguir-li els desigs. Aquest, particularment. També m'agradarà de fer un viatge llarg, que tal vegada sigui l'únic viatge llarg de la meva vida. Oi que ho entens?

La veritat és que l'àvia, i els meus pares també, tenien algunes reserves a oposar al meu casament amb Jim Hawkins. Ells haurien volgut que jo pesqués un baronet o un lord! Són fets a l'antiga. Tanmateix, quan van veure que el padrastre de Jim és magistrat amb el tractament de senyoria, i que, malgrat la seva joventut, actualment Jim és un pròsper membre dels clubs més distingits, han afluixat i ara se'l miren com una benedicció. Però jo els voldria fer comprendre que, més enllà dels títols i de les guinees, hi ha el cor, i el caràcter, i els sentiments. Bo és, però, que hagin acceptat en Jim ni que sigui per raons de preeminència social...

Jim m'ha fet algunes lliçons de navegació. Com pot ser que una noia profundament anglesa, com jo, no sabés que existien tantes diferències entre un «barge» i un «brigg», entre una goleta i una fragata? Ara ja sé algunes coses. El nostre poble és gran en la mar, i diu Jim que encara ho serà més.

La que ha reaccionat d'una curiosa manera és Elsa. Ja la deus recordar, la meva minyona. Ens portem pocs anys, i per això li conto coses que em passen, que ella pot entendre. Ens acompanyarà en el viatge, i de temorega no en té res. Em deia: «Senyoreta Marion, li puc ben assegurar que si cap marinerot se'm vol apropar, agafo un rem i li aplano el cap amb la pala!» Jo vaig riure i li vaig fer notar que el nostre vaixell va amb veles i no és cap bot, però ella coneix més bé el món dels mariners que no pas jo —sembla que un oncle seu havia navegat i contava coses— i va retopar-me que els vaixells portaven a bord dues o tres xalupes amb rems! Mira-te-la!

Per cert que el nostre veler l'hem batejat amb el nom de «Dofí Rialler». Diu Jim que és un nom alegre, i aquest vaixell, com que m'ha de dur a mi, ha de portar un nom de joia! Déu li pagui el bon gest. Em sembla que el capità Buxton, que és més aviat sever, hauria preferit un nom més solemne, com ara «Gran Sol» o «Indòmit» o «Tots-els-vents», però com que és un vaixell nou, que ell estrenarà, això el fa estar orgullós de l'empresa.

Sóc tota un mar d'il·lusions. Ara pensava

que tal vegada, a l'illa, hi trobarem salvatges. Ai, si fossin bons salvatges! Vull dir que ens rebessin amb músiques i danses i ens posessin collarets de flors, i ens oferissin fruites i melassa! Jim diu que l'Illa del Tresor està totalment deshabitada i que només vol reveure-la, com si fos un pelegrinatge. De fet, en el viatge, deurem visitar d'altres indrets. És per això que m'enduc roba abundant, però no tota la que tu podries pensar, perquè, de fet, penso comprar-me'n a les Illes Canàries; així aniré vestida com als més exòtics indrets, i tindré un guarda-roba internacional, no?

Posa't ben bona del teu refredat, que el dia del casament et vull veure a primera fila, com et mereixes. Tu sí que m'entens, tia Cecília. M'has entès sempre, tant o més que no la meva pròpia mare.

No t'enutgis, però em penso que, fins que vaig conèixer Jim, tu eres la persona que més estimava en la vida. Ara ja has passat darrere d'ell. Però és així com ha de ser, no?

Et saluda amb una abraçada ben forta quasi des de la coberta del *Dofí Rialler* la teva neboda,

Marion

4 *Visita al* Dofí Rialler

JIM HAWKINS va voler que aquell dia el capità Buxton anés a esmorzar amb ell a la Casa de Te. No hi havia cap altre parroquià sinó ells dos. Van fer-se fer unes torrades, prengueren te i pastís de pruna.

—Us ho agreixo molt, senyor Hawkins —deia el capità—. Tanmateix, us adonareu que sóc home de pocs compliments, més aviat sever amb mi mateix.

—No us agrada la bona taula? Com ho farem, doncs,? —bromejava Jim.

—Vull dir que només qui és exigent amb si mateix pot ser-ho amb els altres. M'enteneu, oi?

—Prou. En aquest punt us assembleu al capità Smollett. Teniu per ventura un rellotge que vagi bé?

—Quan ja el capità Buxton feia acció de treure's del butxacó el pesant rellotge amb cadena, s'acostà el cambrer major i els digué l'hora, en un gest de servei tot amatent.

—De manera que les deu? —féu Hawkins—. Ens n'haurem d'anar si volem arribar a Lorimer School amb temps de parlar abans del dinar. Hi tenim quasi una hora de cotxe.

—Com disposeu —féu Buxton.

Jim Hawkins féu senyal al cambrer major que avisséssin el carruatge estacionat a la porta posterior, que ja podia passar a recollir-los per la porta de davant.

—El vell Smollett! —comentà Jim Hawkins—. S'endurà una sorpresa en veure que vull tornar a l'Illa!

—DONCS NO! No m'enduc cap sorpresa, amic Hawkins. O preferiu que mantinguem les distàncies, en aquestes altures, i us digui senyor Hawkins?

Això havia dit el capità Smollet. Malgrat els anys transcorreguts es mantenia tibat, dret, vehement i adust.

—Valga'm la Gran Àncora, que hauria dit John Silver, senyor! —retopà Jim. ¿No sabeu que per a vòs haig de ser sempre, per anys que visquem, el petit gat de bord Jim Hawkins? No sabeu com m'agradaria que ens poguéssiu acompanyar.

—A mi també —intervingué Buxton—. La vostra experiència i el vostre saber de navegació em faria estar confiat del tot. Creieu-me que us cediria l'honrós càrrec de capità si vós volíeu venir a l'Illa del Tresor.

—No en tinc cap ganes, amics —confessà Smollett—. A més a més, les meves cames no són el que eren i una travessa de l'oceà vol dir moltes més hores dret que no pas assegut. M'he fet vell i l'únic que puc fer, i ho faig amb molt de goig, és desitjar-vos la més bona sort. Però, amic Hawkins: què esperes retrobar a l'Illa del Tresor? ¿La resta de les quatre barres de metall que Flint amagà qui sap on, i la pila d'armes rovellades, potser consumides?

—No us ho sabria explicar, capità Smollet. És com si un imant m'estirés vers aquell indret. Aprofito, com us he dit, el meu viatge de noces per dur-hi la Marion, però si no fos aquesta circumstància, un moment o altre jo sol també hi tornaria.

—Què hi diu Sa Senyoria? Vull dir el doctor, el vostre padrastre.

—Beneeix la idea.

Smollett se separà unes passes i rumià. Després, sense girar-se, estengué una mà suplicant.

—Vejam aquesta bitàcola en esborrany —féu amb impaciència.

El capità Buxton desplegà damunt la taula les cartes que duia enrotllades i el vell professor de l'escola naval les estudià, tot ullant alternativament la ruta prevista i el calendari establert per Buxton i Hawkins. Comentà algunes coses amb Buxton, marcà amb el compàs certes distàncies i:

—Buxton ho ha calculat molt bé, Jim —féu—. Cal felicitar-lo.

Buxton s'estovava de gust.

—Només us haig de fer una remarca —continuà Smollett—. L'experiència de les travesses aconsella de dur el màxim de menjar fresc possible.

—Sí? —Jim Hawkins no acabava de comprendre on volia anar a parar.

—Ho dic perquè a més a més de les Canàries, jo encara tocaria algun port més meridional abans de canviar el rumb i seguir a l'oest. Dos avantatges hi veuria: en aquesta època de l'any els vents són menys tempestuosos i en canvi es presenten més continuats; i, segon, és allí on us heu de proveir d'animals vivents, cabres, ovelles, aviram. És el punt des d'on la distància a recórrer per enmig la mar és més curta. El meu consell, doncs, és que després de tocar les Canàries, fondegeu en alguna badia de la costa africana, posem entre els deu i els quinze graus de latitud nord. Allí feu el darrer proveïment i llavors, que Déu us acompanyi. Quan recordo la mala experiència de la tripulació que vaig dur a la *Hispaniola*...

—Aquest cop no serà així, senyor —prometé Jim Hawkins—. Entre el capità Buxton i jo mateix hem triat un grapat d'homes absolutament d'una sola peça.

El capità Smollett mirà un instant el sostre.

—Quan tornareu no deixeu de venir a veure'm. Confio que podrem comentar totes les aventures que haureu passat, que ja veureu com seran un bon grapat.

Aquella tarda Buxton i Jim van anar al moll, a revisar els darrers preparatius del *Dofí Rialler*. Jim Hawkins deixà que el capità Buxton portés la veu cantant, mentre ell es dedicava, des del castell de proa, o des de qualsevol altre punt de coberta, a examinar els diferents tipus de la tripulació.

Sibley, el pilot, era un home prim i alt,

nerviós i bellugós. Movia sovint una espatlla amb un sacseig que es produïa al moment més inesperat. Jim féu esforços per calcular i anticipar l'instant que Sibley mouria el muscle, sense aconseguir-ho. Semblava mentida que un home de moviments tan desfermats pogués estar-se al timó tantes hores com li tocaria d'estar-hi; perquè, això sí, ell mateix havia confessat que, malgrat que fos el pilot, volia ser també, al màxim de temps possible, el timoner. Amb aquest joc de paraules volia dir que no només volia mantenir el rumb, sinó sentir el vaixell sota els seus peus, i l'enrampada de la tensió de governar-lo als músculs dels braços. Era un home de vocació.

Com si ho fes amb lupa, es fixà novament en el contramestre, Ogden del Lancashire, nascut a la mateixa capital, Preston, però criat a Blackpool, home que tota la vida havia viscut amb els peus a l'aigua, com deia ell: «Tinc el fetge remullat» afirmava. Era un home de cinquanta anys, de braços grossos i cames curtes, vermell de cabells i amb espesses celles. Tenia la veu estentòria i feia un cert efecte veure'l parlar o discutir amb Sibley, perquè aquest sempre parlava en veu baixa i sense moure gaire les barres ni els

llavis. Per la seva banda, Ogden xisclava per no res i tot el que el pilot tenia de bellugadís en la seva espatlla ho tenia Ogden en els ulls, uns ulls que ho espiaven tot, ho veien tot, ho resseguien tot. Condició, segons pensava Jim, que no deixava de ser convenient de posseir per part d'un contramestre.

—Aquelles drisses no m'acaben de convèncer, senyor —comunicà al capità Buxton, assenyalant una de les vergues del major—. Només que trobem fresc o frescot, haurem d'anar amb compte amb les maniobres.

—Està bé. Ocupeu-vos de reforçar-les o canviar-les.

—Us en volia informar, senyor —feia, com excusant-se, Ogden.

—En quedo informat. Què més?

—El cuiner, senyor.

Jim Hawkins parà l'orella amb més interès. Recordava molt bé que, en el viatge primer a l'Illa, el cuiner hi tingué una part importantíssima... i no pas per coses de la cuina. El record i quasi el perfil de John Silver semblava omplir tot l'espai de la nau, en aquell moment.

—Què passa amb el cuiner?

També el capità Buxton havia cregut que hi havia algun problema greu.

—Que és italià, senyor.

Jim Hawkins s'acostà.

—Em voleu dir, Ogden, quin mal hi ha que sigui itatlià?

—Que no se l'entén. Quan se sent contrariat, diu coses en un rosari d'italianismes. I jo vull saber què diuen els homes a bord, senyor!

Jim Hawkins no sabia si posar-se a riure. El to del contramestre havia estat tan vehement!

—Jo diria que tothom, quan s'irrita o s'engresca, parla la llengua del seu cor —féu, enriolat, Jim—. M'han dit, a més, que la cuina italiana és molt bona. Tindrem, vós i jo, estimat Ogden, ocasió de comprovar-ho. I durant dies!

El capità Buxton, però, estava molcst pcl to emprat pel contramestre. I no va mossegar-se la llengua.

—Amb el vostre permís, senyor Hawkins, voldria dir unes paraules a Ogden. Senyor Ogden, tota observació que hàgiu de fer sobre el servei, mediteu-la abans. Heu engegat un enforcall de rucades a propòsit de llengües. El nostre cuiner, Torlini, parla l'anglès perfectament, com vós i com jo. Si engega algun mot en italià, no us n'heu de fer problema. Segur que en les coses del servei, l'entendreu perfectament.

Ogden digué que sí. Demanà permís per retirar-se. El capità i Jim continuaren la inspecció del vaixell. Al final, quan estigueren ben assaciats de l'obra morta i del cordam, del rebost i de tot el veler, des del bauprès a la coda, el capità Buxton digué:

—No hem provat la nau en alta mar. Però signaria a ulls clucs que serà altament marinera. Heu triat bons constructors, senyor. I el que més m'admira és la capacitat de la bodega. Havíeu pensat tal vegada en càrregues de molt d'embalum?

Havien arribat davant el castell de popa. Entraren a la cambra del capità, que compartia l'espai amb dues cabines més, l'una per a Jim i la futura senyora Hawkins i una altra de petita per a Elsa, la minyona. Evidentment, aquestes dues darreres cambres havien estat bastides especialment per a aquest viatge, de manera que, per al futur, les mampares dreçades per al cas podrien ésser retirades per deixar una gran cambra de capità.

Jim Hawkins obrí un cofre i en tragué una ampolla i dos gotets.

—Celebrem-ho, capità Buxton.

—Celebrem-ho.

Havien begut i s'havien somrigut lleugerament quan Jim respongué a la pregunta anterior del capità sobre la bodega.

—Ho heu encertat. Havia construït el *Dofí Rialler* per al transport de te. I per això he fet bastir aquesta bodega espaiosa. Les grans bales de te s'hi encabiran perfectament. Si fins ara havia fet transport cap i des del continent europeu, en el futur vull que la meva flota arribi a Àsia i a Amèrica. I quan dic Àsia vull dir la *Terra Australis*, igualment.

5 *Música nupcial*

ACTA corresponent al dia 3 de juny de 1799, estesa pel Jutge Dawson, en funcions de secretari de la Confraternitat de Pacients Clients de la Casa de Te de Brynt.

«En el dia d'avui els membres de la Confraternitat hem assistit a la solemne cerimònia de casament del nostre benvolgut confrare senyor James Hawkins, conegut entre nosaltres per «el jove Hawkins». El seu padrastre, antic doctor, ara Sa Senyoria Livesey, magistrat retirat, ha tingut cura dels detalls de la cerimònia quant a l'assistència, i hem d'agrair-li l'excel·lència dels carruatges posats a disposició dels membres de la Casa de Te car, si haguéssim hagut d'anar a l'església a peu, molts de nosaltres hauríem arribat al temple demanant més aviat un llit que no un banc, tan provecta és la nostra mitjana d'edat, Déu ens valgui.

La núvia, la jove dama Marion Jeffers, l'ha oferta a l'altar el seu pare Sir Cuthbert, el conegut terratinent. El jove Hawkins anava acompanyat per la seva mare, esposa de Sa Senyoria Livesey. L'església estava ornamentada amb flors blanques i vermelles el nom de les quals aquest cronista ignora totalment, però que es feien admirar.

Prèviament a la cerimònia, ahir se celebrà en aquesta Casa el comiat de fadrí del joven Hawkins. Tots els confrares, que ens hem rejovenit aquests darrers anys amb la seva presència i companyia, li férem ofrena d'una llumenera de bronze en forma de dofí rampant, fent amb això memòria del nom del nou vaixell que estrenarà precisament en el viatge de noces: *Dofí Rialler*. Hi havíem fet gravar una dedicatòria: «al jove James Hawkins, que l'enriolament del Dofí sigui símbol i penyora d'un viatge feliç que no acabarà pas en el retorn a port, sinó que durarà tota la vida. Els seus vells confrares de la Casa de Te de Brynt».

Aquest secretari deixa constància que el jove Hawkins s'emocionà fortament en rebre l'obsequi. Nosaltres recordarem tothora aquell acte, tot i que alguns dels confrares, de moment van oblidar-lo per unes hores, car havien carregat de Porto...

Ha presidit la cerimònia de casament el reverend Carr de la parròquia, el qual ha lluït una veu excel·lent en els cants i les salmòdies, quasi com si fos dalt d'un escenari d'òpera italiana.

La núvia ha llançat el ram amb tanta força que tots ens pensàvem que aniria a parar a la falda de l'organista.

La feliç parella ha rebut moltíssimes mostres d'afecte de tots els assistents; aquest vell secretari ha recitat uns versos a la núvia, i ha estat recompensat amb un lleu petó de seda.

Demà a l'alba els nous senyor i senyora Hawkins salparan a bord del *Dofí Rialler* per fer una llarga travessa marítima sota la protecció del Diví Pare i amb la benedicció de tots els seus parents i amics.

H.W. Dawson,
Secretari

6 *Tot en ordre*

MOLT POCS AFECCIONATS anaren expressament aquella tarda al moll a veure salpar el *Dofí Rialler,* fora de Sa Senyoria Livesey i de la seva esposa, mare de Jim. De la família de la núvia no va acudir-hi ningú, tot i que el pare de Marion féu arribar a bord un esplèndid ram de flors.

Una hora abans del moment previst per salpar, a mitja tarda d'aquell dia tan lluminós, el capità Buxton trucà a la porta de la cambra dels Hawkins, que estaven disposant les seves coses i desant roba, acompanyats d'Elsa.

—Entreu —va dir Marion, en sentir que el capità s'anunciava a si mateix.

El capità Buxton va comunicar que la marineria formaria tota a coberta, part de proa, per ésser presentada a la senyora Hawkins.

Això féu molta il·lusió a Marion, i ni cal dir que engrescà Elsa, la qual estava disposada a no deixar-se perdre cap espectacle que el viatge li pogués proporcionar.

Jim Hawkins es mostrà conforme amb la mesura, i el capità Buxton va retirar-se. Moments després sentiren la veu d'Ogden donant ordres a la marineria.

Marion i Elsa es posaren les còfies al cap i els xals a l'esquena, mentre Jim s'acontentava de dur el barret a la mà. Així sortiren a coberta i travessaren de popa a proa. Des de la baraneta del castell de proa el capità va saludar-los i a continuació descendí, un xic solemnement i tot. Sibley i dos mariners ajudaven a pujar a bord Sa Senyoria Livesey i la senyora: aquests dos es quedaren a l'amura d'estribord, tocant a l'escala per on havien pujat. I contemplaren, com uns visitants discretament situats en un segon terme, la cerimònia. Sibley i els dos mariners van fer una correguda per incorporar-se a la marineria, que estava disposada en dues fileres ran del trinquet. Els dotze mariners de categoria general eren a la segona filera, mentre al davant formaven Sibley, Ogden, Buxton i el cuiner Torlini.

Un cop més, en veure-ho, Jim Hawkins

considerà que la figura del cuiner tenia, en els seus viatges marítims, una importància especial.

Buxton va avançar-se i es posà el tricorni sota l'aixella.

—Senyor Hawkins, tot en ordre. La tripulació llesta per a revista.

—Gràcies, capità.

Buxton cridà:

—Ogden!

El contramestre es posà al seu costat i ambdós, seguits dels Hawkins, revistaren la marineria. Ogden deia el nom de cadascun dels tripulants, i Hawkins pronunciava uns mots de salutació. La majoria dels tripulants eren joves, però n'hi havia algun de veterà, com Sam Hutherton, un home calb, revellit, de mans molt negres. El cuiner, Torlini, demanà a la senyora Hawkins que no deixés de comunicar-li si volia algun requisit de la cuina, que, dins les limitacions d'un viatge marítim, ell la complauria.

Hawkins es va creure en el deure de dir, com a propietari i patró del veler, alguns mots als mariners.

—Em complau saludar-vos al començament del viatge. Espero que tindrem una navegació feliç i que en tot moment demostrareu l'excel·lència de la vostra preparació davant l'oceà. Teniu la confiança del capità i els més bons designis de la meva esposa i meus.

»No puc deixar d'esmentar que anem a fer una ruta que vaig fer ara aviat farà vint anys. Se'n va parlar molt, de l'expedició coneguda com el viatge a l'Illa del Tresor. Avui dia, a punt d'entrar en un nou segle, ja no hi ha els pirates que hi havia aquests anys enrere, ni es fa tant de cas de les històries de tresors. No anem a buscar cap tresor, sinó, simplement, a revisitar l'Illa de Flint. Amb això, que tinguem bona fortuna en el viatge, que retornem feliçment i quan hàgim arribat a port, tindreu una paga extra que des d'ara us prometo.»

Se sentiren uns visques el patró i un «Déu beneeixi la seva esposa», i Buxton donà ordre que tothom es posés a la seva feina. Livesey i esposa abraçaren Jim i Marion, mentre Elsa anava a la cambra a endreçar més coses. Marion i Jim es repenjaren a la borda saludant amb la mà els pares de Jim, quan ja hagueren tornat al moll. La senyora Livesey es duia un mocador als ulls.

—Vols entrar? —oferí Jim a la seva dona, tot assenyalant la cambra.

—No. Vull veure tots els preparatius fins al moment de salpar.

—Doncs falta poc —féu Jim—. Menys d'una hora. Pugem a l'alcàsser.

Enfilaren l'escaleta i des d'aquella altura pogueren veure com s'afanyaven els homes, repassant els obencs, repenjant-se a la botavara; Ogden semblava ser a tot arreu, parlant sense parar i toquejant drisses, bossells i estais.

—Hutherton!

—Senyor!

Hutherton venia, al trot, i Ogden li ordenava que revisés quelcom de la bodega. Hutherton desapareixia.

—Lacorte!

—Senyor?

Lacorte, un home d'immenses patilles, era l'encarregat de pujar a la cofa i quedar-s'hi mentre durés la maniobra de desatracament. Lacorte s'enfilà cordes amunt com un mico.

D'altres mariners comprovaven la tibantor del cabrestant.

—Tothom està afanyant, oi? —digué Marion.

—El treball a bord és sempre una rutina —respongué Jim—. Aquesta rutina cal complir-la exactament i rígidament. Només així pot dur-se el vaixell a bon port.

—I si algú deixa de complir la part que li toca de la feina?

Jim se la mirà al fons dels ulls.

—Què em faries si jo deixés de complir com un bon marit, i oblidés l'amor i l'ajut que et dec?

—Ui! No te'm posis dramàtic!

—No, digues: què em faries?

Marion mogué la mà en un gest de picar surres.

—Ho veus? Doncs això és el que es fa. Tu saps què és el gat de set cues?

Marion s'estremí.

—Un aparell d'assotar.

—El capità és qui fa aplicar el càstig al mariner rebel, gandul, corrupte, lladre; és a dir, qui trabuca la pau i el bon ordre i convivència al veler. Llavors es fa formar la marineria a coberta i s'aplica el càstig a la vista de tothom.

El capità Buxton va aparèixer, duent un paper. Sortia de la cambra. Allargà el paper a Hawkins.

—És el calendari previst —explicà—. Si hi doneu la conformitat el passaré al quadern.

Jim mirà el rellotge. Després repassà de pressa el document.

—D'acord. Però feu constar que aquest és el calendari previst, que el definitiu només la Providència el sap.

Quan el capità va veure el pilot, Sibley, li donà el paper perquè l'estudiés. També Buxton, llavors, com si per fer aquell gest hagués de menester de les dues mans, es tragué el rellotge. Després mirà el cel. Uns ocells, molt amunt, giravoltaven. Del moll arribava un brogit de veus i el xerric de les rodes de les carretes.

—És l'hora? —demanà Jim, aixecant un xic la veu, car es trobava lluny del capità.

—Tot seguit, patró —va dir amb una entonació marinera, el capità. Havia deixat ja l'aire que prenia en ser a terra, i ara ni tan sols no havia qualificat l'amo de senyor Hawkins, sinó de «patró». Estava en el seu element, i tot ell semblava ja ficat de ple en les maniobres, el calafat, la bitàcola i l'aparell.

Com si hagués endevinat el que passava, Elsa sortí de la cambra i va acostar-se a la seva mestressa.

—Sortirem ara? —demanà.

Marion l'abraçà un moment per la cintura.

—Per fi! —va respondre-li en veu baixa.

Ogden, sobtadament, donà una ordre.

—Tots als llocs! Capità?

Buxton féu una salutació apressada a Hawkins des del castell de proa. Després, girant-se bruscament, anà a repenjar-se a la borda d'estribord.

—Trinquet i velatxo!

Ogden repetí la veu, i els mariners començaren el desplegament del drap.

—Àncora!

—Àncora. Lleveu l'àncora!

El cabrestant féu aviat la recollida de l'àncora, i el cap passà per la llimera. Els homes que havien accionat el cabrestant el fixaren i tornaren als caps de maniobra.

—Senyor Sibley!

—Capità?

—Teniu el rumb?

—Sí, senyor.

Molt lentament, el veler començà a separar-se del moll i a avançar tímidament. Des del moll algunes persones saludaven. Elsa va adonar-se aviat que, tot i no haver abandonat la badia, no era poca la distància ja recorreguda. El moll era ja lluny. Llavors va posar-se a resar en veu baixa.

El vent, una brisa fresca, despentinava les

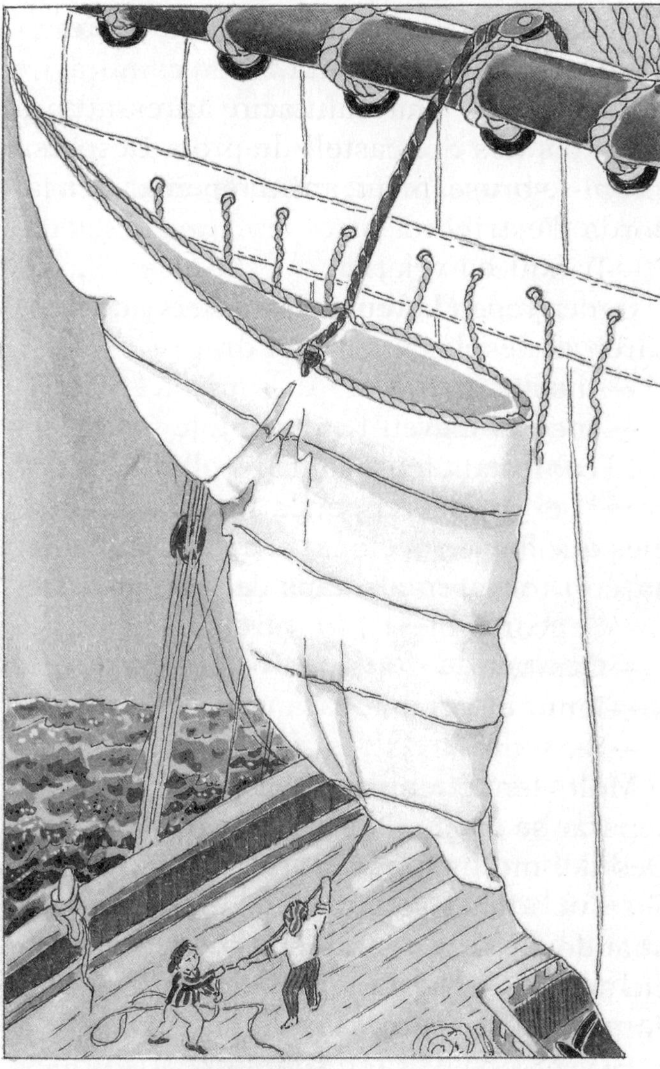

dones, malgrat les còfies. Quan la terra era ja només una línia llunyana, però, es convenceren que era millor entrar a la cambra. La tarda cauria daurada, sobre la mar, però cada cop el sol es veuria més ajaçat a l'horitzó, com una bèstia cansada, moradenca. Les gavines i els albatros xisclaven al seu damunt. Uns homes encara estaven enfilats a les vergues, i el pilot portava personalment el timó.

—Una quarta a babord —ordenà el capità.

—Una quarta! —repetia Sibley.

—Trinquet!

—Trinquet! —repetí Ogden. I una altra secció d'homes desplegà la vela baixa. El vent era prou continu perquè no fossin necessàries més veles. La tarda avançava.

Buxton va acostar-se a Jim Hawkins, que continuava dret a la baraneta de l'alcàsser.

—Se us ofrereix res, senyor Hawkins?

Jim es limità a demanar:

—Hi ha alguna novetat especial?

Buxton mogué el cap lentament.

—Tot ha anat com una seda. Anirem virant el rumb fins a posar-nos sud sud-oest i demà ja haurem avistat la costa del Continent per la part del Canal.

—I llavors —va fer Jim—, avall, avall!

—Això mateix, senyor. Permeteu-me que us digui: benvingut a bord!

Jim va riure.

—Igualment us dic.

Encaixaren i mentre Jim se n'entrava a la cambra, Buxton es quedà vora el pal major, mirant les estrelles primeres, escandalosament enceses en el cel.

7 *Un buf de perill*

A ELSA, de petita, quan vivia al seu poble mariner, tots li deien «raveneta». Era realment menuda, insignificant. Potser per això havia desenvolupat tant de caràcter i havia après a fer-se notar, a defensar-se, a no encongir-se gens. Com deia el seu pare: «Fas ben fet, perquè si una raveneta s'encongeix, ja només és un pèsol.»

Era morena, cara-rodona i, ara que ja havia passat dels vint anys, tota una viva figureta, d'ulls blaus i caminar decidit. Havia esdevingut una amiga per a Marion, i fou per això que no solament la servia, sinó que l'acompanyava. Ja abans de salpar, la jove senyora Hawkins demanà al capità que Elsa fes els àpats amb ells, a la cambra de popa, al lloc mateix on el capità i el matrimoni els feien. Elsa menjava un xic abans, i així podia estar amatent a la taula durant els àpats, i servir les begudes... Un mariner, però, era qui portava de la cuina els plats, i els retirava després.

Això no havia impedit que Elsa baixés alguna vegada a la cuina, on sostenia converses amb Torlini, home jovial i que a ella li inspirava confiança. Però si hagués sabut que no havia de trobar-l'hi, mai no s'hauria ficat entre els mariners. Això, tot i haver manifestat que ella no es deixava pas impressionar per cap homenet ni, per por, els havia de permetre cap confiança.

Havien començat a entrar en la rutina de la travessia. I una tarda, en plena navegació a tota vela, ja abandonades les Illes Canàries i a l'altura del Tròpic, un mariner, exactament Sam Hutherton, aparegué davant els ulls de tota la tripulació amb una cella inflada i l'ull de dessota més blau que la mar fosca de la tarda mateixa.

—Has caigut, Hutherton? —li demanà Ogden.

Hutherton respongué quelcom en veu baixa. Ogden, meticulós en tot allò que feia referència a la tripulació, de qui se sabia responsable, insistí a revisar aquell ull, i conclogué que Hutherton s'havia barallat.

El mariner ho negà, i va dir que havia topat contra una amantina tibant. Ogden no es donà per satisfet i interrogà Sam sense resultat. Fou Elsa qui, a la cambra, i mentre el capità i Hawkins comentaven aquell fet entre risible i dramàtic, revelà la veritat.

—Ogden està molt entestat a esbrinar què ha passat —deia Hawkins—. A mi em sembla que, de tant en tant, hi ha alguna picabaralla entre els mariners; això sempre, no?

Buxton va acabar de veure's el vi que quedava al got de llautó i va replicar:

—Tinc obligació de fer que cadascú compleixi el seu deure a bord, i, per tant, si Ogden vol continuar esbrinant què ha passat, això forma part de les seves funcions i de la seva responsabilitat. Tanmateix, si es descobria, o Hutherton confessava, que hi havia hagut baralla, tots els mariners que haguessin intervingut en la brega serien castigats.

—Amb el gat de set cues? —deixà escapar, estremida, Marion.

—Senyora —féu el capità—. No podem permetre baralles, a bord. I hi ha tripulants, a tots els velers del món que, si de tant en tant no els mesuréssim les costelles, farien brega contínuament. De manera que em veuré obligat, si, com suposo, l'informe d'Ogden deixa ben clar que l'origen de la cara de nap de Hutherton és una baralla, a castigar-lo amb assots.

Llavors se sentí un sanglot a l'angle més fosc de la cambra, on hi havia Elsa.

—Elsa... què...? —demanà Marion, a punt d'aixecar-se de la taula, intrigada.

Elsa va aparèixer al cercle de llum de la taula.

—Perdoni'm, senyoreta, senyors... Hutherton no té cap culpa de res. No s'ha barallat.

—¿Puc demanar-vos, senyora —féu el capità a Marion—, que exigiu a la vostra minyona que ens digui d'on ha tret aquesta informació tan radical?

Elsa féu un segon sanglot, però es contingué a continuació.

—Elsa —va intervenir Hawkins—, com pots afirmar això?

—Perquè jo li vaig donar un cop ahir.

—A Hutherton? —se sorprengué el capità.

—Va ser sense voler, senyor. Si em permeteu, us ho explicaré. Però no li apliqueu els assots, us ho suplico!

—Explica't.

—Veureu, jo baixava a la cuina, per demanar una llimona al cuiner, llimona que m'havia demanat la senyoreta Marion, vull dir la senyora, i pel passadís vaig topar-me amb el senyor Hutherton, el qual cantava una cançó. Em va semblar que interrompia la cançó per dir-me alguna cosa, i, en tombar-me, li vaig donar un cop a la cella amb el cassó. Això fou tot.

—I ara ploraves? Què més va passar? —exigí Marion.

—Cap altra cosa, senyora. Us ho puc prometre.

—T'ha molestat alguna vegada?

Elsa negà amb el cap, i demanà, tot seguit:

—Oi que no l'assotaran? És un pobre vell.

El capità Buxton s'escurà la gargamella.

—De moment, pots estar tranquil·la.

Quan Elsa s'hagué retirat, Hawkins va somriure.

—Us heu cregut aquesta història, Buxton? Jo, no.

Buxton es mirà Marion, que joguinejava amb el tovalló.

—No sé què pensar. Però si Hutherton va dir alguna inconveniència i ella li aplicà el cassó a l'ull, puc dir que hem guanyat un mariner més de combat a bord, senyor!

I a continuació esbossà un somriure satisfet. A mig somriure es tombà per respondre a uns trucs a la porta:

—Sí...?

—Ogden, senyor. És urgent.

—Ens retirem? —suggerí Hawkins.

El capità aixecà la mà en senyal d'aturada, movent el cap, indicant que no calia. Al mateix temps va posar-se dret.

—Entreu, Ogden.

Ogden, amb posat fatigat, com si acabés de fer un esforç, entrà panteixant.

—Capità... tenim una avaria.

El professional que era Buxton va redreçar-se encara més.

—I bé: on és? Drap, buc, obra morta? Parleu!

—Al dipòsit d'aigua, senyor. Se'n va. I se'n va de dos dels bocois. No és cap forat. És com si s'haguessin separat les dogues.

—Així... sense més ni més? —demanà Hawkins.

—Unes botes plenes de líquid no sofreixen aquestes avaries, Ogden —va fer el capità—. I vós vau comprar aquestes bótes.

Amb això —i es percebia pel to de veu de Buxton—, el capità feia responsable el contramestre de l'esgavell.

—És que jo tampoc no m'ho explico, senyor. Fins avui les bótes no han perdut. Tal vegada han fet un mal gest amb el vaivé...

—Escolteu, Ogden —va dir reposadament Buxton—, naveguem actualment prop de la costa, amb rumb sud. Demà al matí podem tocar més d'un port i, si convé, estar-hi tot un dia mirant d'adobar els bocois o comprar-ne de nous, ho farem. No us hi amoïneu més. Queden els altres dos bocois plens?

—Per ara, sí.

—Què voleu dir? Insinueu que *poden* també espatllar-se? Això implicaria que és una avaria intencionada.

—No he dit tant, capità.

—Està bé, retireu-vos.

Quan Ogden fou fora, el capità s'apropà a la parella de noucasats.

—No tenim altra alternativa que tocar port i comprar bocois nous. Suposo que no tindreu cap retret a fer, senyora, al fet que tots plegats fem una passejada per terra ferma. I —afegí— sincerament espero que ho puguem resoldre tot en un sol dia. A terra, per aquestes latituds, deu fer-hi una calor d'infern.

8 *Segona carta de Marion*

Dilluns

Estimada tia Cecília:

Aquesta carta no puc donar-la al correu. M'he posat a riure quan he imaginat un home a cavall, tricorni en mà, recollint aquesta carta i emprenent el galop fins a la nostra terra. Si veiessis on ens trobem! Estem a mitja milla de la costa, davant d'un port petit. Des de la borda es veuen moure's tot de figures negres, lluents, a la platja. Algunes piragües han vingut a tafanejar fins als costats de la nau.

Calculo que un correu a cavall, descomptat la mar que hi ha entre Àfrica i Gibraltar, trigaria quasi dos mesos a arribar a casa teva. Quines fantasies! Bé, t'escric igualment, perquè és com un diari que portés, on aboco els meus sentiments i les meves impressions.

Hem hagut de parar a la costa africana perquè els dipòsits d'aigua se'ns havien espatllat. Diu que perdien líquid. Hauríem parat igualment, potser una mica més enllà, per fer els darrers proveïments abans de travessar l'Atlàntic. Ara, però, no sé si aprofitarem l'escala forçada per fer el proveïment, i així estalviar-nos de tornar a fondejar.

Elsa es troba com el peix a l'aigua. Ara ja ha pres un xic més de confiança i de vegades interpel·la algun mariner i li demana que li expliqui alguna maniobra.

Si estiguéssim plegades, em demanaries com es comporta en Jim. En Jim és esplèndid; com que el vaixell és el nostre món limitat, em «treu a passeig», com diu, i això ens permet com a distracció canviar-nos de roba i a mi agafar la meva ombrel·la i recórrer el veler de popa a proa i tornar, després. Algun cop hem baixat a la cuina, on Torlini ens ofereix vi bo; sempre voldria obsequiar. Recórrer la coberta és l'única distracció que tenim.

Durant la part del viatge que hem fet, hauríem volgut tocar algun port espanyol, però amb la situació política i les escaramusses navals vora el golf de Cadis i el bloqueig que es rumoreja que farem als ports que risquen de caure sota la influència dels revolucionaris francesos, no ha estat possible. En canvi sí que vam visitar dos ports de les Illes Canàries, i em vaig comprar roba, com ja tenia disposat de fer.

En aquest petit poblat que tinc al davant, segons m'han dit, hi fa tanta calor que he decidit de no baixar a terra. Fins i tot la xafogor ens arriba al veler, i jo busco l'ombra de les veles per no rebre aquell baf a sobre, baf que ni tan sols impedeix l'ombrel·la.

Mentrestrant cinc mariners, acompanyant Sibley i Ogden, han baixat a terra a veure si poden trobar, i carregar, tres bocois per a l'aigua, que substitueixin els que tenim en mal estat. Diu que és esgarrifós quedar-se sense aigua en meitat de l'oceà i haver de confiar en el miracle d'un temporal per recollir un xic de pluja amb veles de reserva i poals. Aprovo la idea de substituir dos bocois per tres.

Fa hores que són a terra perquè hem llançat l'àncora a migdia i ara ja cau la tarda. Ni un sol instant els homes desembarcats no han reaparegut a la platja per fer-nos cap mena de senyal i podria ser que hagin hagut d'anar terra endins, potser en un altre poblat, Sé que el capità Buxton està una mica neguitós, i un parell de vegades que he pujat a coberta l'he vist enfocar la platja amb la ullera de llarga vista. És natural que no li faci gaire gràcia que els seus homes no donin senyals de vida.

Sembla que aquesta calor ha fet un xic de forat en el meu Jim. El meu senyor Hawkins ha dit —cosa estranya en ell— que se n'anava a estirar-se una estona. Com si fes allò que als països mediterranis en diuen la sesta. Per un moment he pensat que potser es trobava malament, però tot seguit he descartat la idea, car mai no l'he vist malalt ni indisposat. Ara mateix el sento respirar, profundament adormit, com un infant, encara que un xic més sorollós. Faig un esforç, molt agradable, de la imaginació i m'afiguro les nostres vides d'aquí a uns anys. Amb els primers fills al nostre voltant. Tia Cecília, sóc tan feliç...!

He anat a veure Jim —t'escric des de la taula més separada del llit— perquè m'havia semblat que mormolava alguna cosa. Fa molta calor i potser és per això que està tan calent i entresuat. M'agradaria, de tota manera, que ara estigués amb nosaltres el seu pa-

drastre, Sa Senyoria Livesey. Ja saps que és metge. Ell em tranquil·litzaria i qui sap si em diria: «Marion, són aprensions teves. Aquest home no està malalt. Respira tan profundament perquè està enamorat, tan enamorat com el primer dia que et va veure.»

Fosqueja. En aquestes latituds, m'ha dit el capità Buxton, cau la nit sobtadament. Deixo la carta, i faré que Elsa, que està repassant roba vora la finestra de popa, encengui una espelma. Llavors tornaré a examinar el meu Jim. I, bo i lamentant-ho molt, l'hauré de despertar. No és normal que faci una migdiada tan llarga.

9 *De nit ronden les feres*

S'HAVIA FET del tot fosc. El capità Buxton no volia abandonar la coberta, i havia posat de vigilants a proa i a popa dos mariners experts, l'un d'ells l'inevitable Hutherton, i l'altre l'anomenat Domier.

Els havia donat ordres d'avisar-lo immediatament que veiessin retornar els dos bots amb què s'havien arribat fins a la costa el pilot, el contramestre i els cinc homes. Es feia càrrec que en aquells poblats no era fàcil de trobar el que buscaven, però més endins hi havia dues o tres ciutats de més cos i, en tot cas, si no trobaven bocois, que portessin odres. Després, durant el viatge, Ogden, que tenia mans per a molts oficis, podria encarregar-se de fixar bé les dogues dels primitius bocois.

Havien passat les hores, però, i el capità estava realment impacient i un xic recelós. Allò no era normal, i a més contravenia les instruccions que havia rebut a l'escola naval, on se'ls havia ensenyat que en tota expedició a terra cal deixar algun home d'enllaç. Hauria estat força més correcte que, entre el vaixell i els expedicionaris que havien entrat terra endins, s'hi hagués quedat algun missatger que comuniqués de tant en tant, amb algun senyal convingut, com anaven les coses. Ara ja, ben fosc tot, sota un cel carregat de núvols, semblava talment que aquella negror s'hagués empassat els set homes.

Buxton caminà, fingint calma, fins a proa. A babord, Domier, un tipus tot múscul, de cames garrelles, fumava la pipa i llançava fumeroles quasi rítmicament.

—Baixo un moment a la cambra. Sents?

Domier es limità a assentir amb el cap.

—Tu, fes un bon crit, si els veus tornar.

Nou moviment de cap. El capità s'allunyava vers la popa i, abans d'entrar a la cambra, aixecà la mirada cap a l'alcàsser, on hi havia l'altre vigilant, ara invisible.

—Hurtherton!

—Senyor!

Buxton experà uns segons. La veu de Hurtherton tornà:

—Sense novetat.

—Una gerra de rom per a qui de vosaltres dos veurà primer els bots! —féu Buxton. I un mariner, arraconat en algun fresc indret vora l'entrada del panyol, deixà anar una rialleta.

—Salut!

Però Buxton ja no tenia temps ni humor per respondre res. Va empènyer la porta de la cambra de popa. Tustà la porta del compartiment dels Hawkins. Quan hi entrà, va trobar Elsa i Marion, totes dues inclinades damunt el cos de Jim Hawkins.

—Capità, estic inquieta —va fer Marion—. No puc despertar Jim.

Mentre el capità s'inclinava també damunt el dorment, Marion el convidava a agafar-li el canell.

—Mireu. Està calent i el pols li bat amb força.

Jim Hawkins no es despertava, mormolava i feia l'efecte de tenir febre alta.

—Només ens faltava això, senyora —es mig queixà Buxton—. Us haig de comunicar que els homes enviats a terra no han retornat encara. I el més probable (jo ho donaria per fet) és que hàgim de passar la nit fondejats aquí. Demà ja veurem què podem fer. Us confesso que estic intranquil. És terra desconeguda i és molt rar que no hagin donat cap senyal de vida, tant més quan tenien instruccions de tornar a bord en caure la tarda.

Consultà el rellotge.

—Però, i Jim, capità? —va dir, neguitosa, Marion.

—Té febre, això és clar. Potser alguna cosa li ha fet mal... vull dir de menjar. No tenim doctor, però jo faré que us portin de la cuina vinagre i, barrejat amb l'aigua més freda que trobeu, li apliqueu compreses al front. I que begui.

—Però, si no es desperta!

—Bufetegeu-lo, senyora! Jo ara haig de tornar a coberta. Us he ben dit que només ens faltava això. Tanmateix, si no l'he pogut informar a ell com a patró, almenys confio que vós, amb els meus mots, us haureu fet càrrec de la situació anormal que estem patint.

Ja a la porta, refermà:

—Us faig portar tot seguit el vinagre.

Va deixar-les soles amb Jim, estirat encara, esbufegant i suant.

—Déu meu... Déu meu... —es queixava Marion.

EL CAPITÀ BUXTON, passada una altra hora, es disposà a muntar torns de guàrdia de dues hores, rellevà Hutherton i Domier, i posà als llocs de guaita altres dos homes. Manà a la resta que anessin a les lliteres i que dormissin unes hores.

—Demà al matí haurem de fer una expedició a terra, si ells no han tornat. I la farem armats —va comunicar als homes—. Ara vull que tots dormiu per estar a punt a les cinc. Qui farà la darrera ronda?

Un dels homes aixecà la mà.

—Doncs a les cinc desperta tothom. Bon toc de campana. Jo m'estiraré sense treure'm la roba. Vull provar d'estar ben eixerit, demà.

BEN DE MATINADA, el mariner de guaita a popa del vaixell va veure, o li semblà veure, quelcom a l'aigua. Si era un bot, en tot cas feia l'efecte d'avançar amb silenciosa cautela.

Després, el moviment de l'aigua va desaparèixer. Els ulls avesats a la mar del tripulant no van veure res més. I va tornar a la rutina i a l'ensopiment.

Va aixecar-se un vent més fort. El vaixell, fixat amb només una àncora, per efecte dels vents terrals havia anat virant, i ara quasi oferia la popa perpendicularment a la costa. Aviat es faria de dia, se'n faria amb la brusca força amb què en aquelles latituds, properes a l'Equador, se succeeixen fosca total i claror violenta.

El mariner de proa, doncs, contràriament al de popa, que veia la terra, no la veia en absolut, i segurament fou aquest fet que el portà a minvar el rigor de la seva vigilància. Quan va trobar-se la punta del ganivet ran mateix del coll es va quedar rígid. Al seu davant, dos homes desconeguts. Un d'ells li passà al darrere i també li aplicà un objecte puntut als lloms. El que l'apuntava al coll, sense abaixar el gavinet, va dir:

—Camina amb nosaltres, a popa. I boca tancada.

Tots tres, lentament, s'acostaren a l'alcàsser. El mariner capturat va obrir la boca i féu acció d'aturar-se en veure el pilot Sibley que pujava a bord, i saltava a coberta. Però Sibley semblava trobar la cosa més natural del món que aquell mariner anés acompanyat de dos ganiveters, com anava. Sibley es limità a acompanyar-los fins a davant de la cambra de popa, on va quedar-se.

Els tres homes, el pres i els altres dos, pujaren a l'alcàsser. El mariner de guaita, repenjat a la roda del timó, ni vigilava ni res, en aquell moment. Mirava el cel, on començava a veure's un llevíssim llegany de llum de dia.

Amb passes de vellut, els atacants es plantaren al seu davant. El mariner, en descobrir-los, va arribar a articular un gemec de sorpresa, però li caigué un cop de culata de pistola que el féu aclofar-se i agafar el son que no havia agafat les dues darreres hores.

—I ara, tu —van dir-li al primer home capturat.

Una vegada aquest hagué caigut, també copejat, els dos assaltants anaren a un indret de la borda i van fer senyal a d'altres tres assaltants que eren encara a la barca.

Se sentí un xiulet, i els tres de baix, després d'amarrar el bot a l'escala de corda, la remuntaren fins a la coberta.

Un altre xiulet i els dos primers assaltants, que havien estat substituïts per d'altres, corregueren a posar-se al costat de Sibley, i d'una revolada, obriren la porta de la cambra. Sabien bé on anaven, car passaren de llarg el compartiment dels Hawkins i donaren una puntada de peu a la porta de la cambra del fons, la del capità Buxton.

Buxton va veure un fanal al davant dels seus ulls, en incorporar-se al llit. Es tapava inútilment la cara amb la mà per evitar l'enlluernament. Al cercle de llum de la llanterna aparegué el canó d'un pistoló. La veu de Sibley sorgí, clara:

—Sóc Sibley, capità.

El capità Buxton no entenia res, fins que, havent saltat del llit, va veure's agafat pels braços.

—Què és...? —començà a dir, però Sibley aixecà el gallet de l'arma.

—Tot s'ha acabat, senyor —declarà—. Ja no sou el capità del *Dofí Rialler*. Ara mano jo.

El capità Buxton provà de deseixir-se, sense aconseguir-ho.

—Insensat! —va dir, amb el coll inflat i els ulls sobtadament injectats en sang—. On són els altres? Has begut o què?

Sibley tenia molta calma. Feia una veu suau.

—Ogden i els mariners s'han quedat a terra, senyor. Estan ben... diguem-ne, guardats. No tornaran pas a bord. Però perquè no estiguem sense tripulació, he portat cinc homes més amb mi. Homes diferents, com podeu veure, homes que no coneixeu i que no tenen per què obeir-vos.

Aleshores se sentiren uns xiscles i Marion i Elsa foren dutes a presència de Sibley; uns altres dos assaltants havien entrat.

—I el senyor Hawkins? —demanà Sibley als homes.

Marion estava pàl·lida, amb un esverament que li feia tremolar tot el cos. Elsa, per contra, copejava amb el peu el turmell de l'home que la sostenia.

—Hi ha un home malalt, si és això el que vols dir —respongué un dels que havia portat les dones.

—El senyor Hawkins està malalt, sí, puc certificar-ho —declarà Buxton—. Té febre.

—Millor —s'alegrà Sibley—. Menys feina a vigilar els malcontents.

—Això és un motí! —cridà el capità—. Mariners!

Sibley, pressionant amb les mans, va fer seure el capità.

—Escolteu-me, senyor. Heu d'aprendre a

escoltar. Se us ha acabat això de donar ordres. «Sibley per aquí, Sibley per allí». Si en voleu dir motí, vós mateix. Només és un canvi de comandament. Els mariners que vós cridàveu ara fa un moment, són presos tots, encanonats pels meus fidels. Continuarem el viatge tal com estava previst, però com que jo sóc ara el capità i alhora el pilot, faré les escales que vulgui i on vulgui i quan vulgui. Vós quedareu com a presoner, se us donarà menjar i beure, i us quedareu sempre —he dit sempre— en aquesta cambra. Quan us pugui desembarcar amb seguretat per a mi, ho faré. Les dames també viuran aquí dins de la cambra. Però jo m'ocupo ara de les cartes de navegació i de tots els rumbs i derrotes. Anem!

I obligant-lo sempre a punta de canó, dugué el capità fins a la taula, revisà uns instants les cartes de navegar, i després:

—Vaig a veure el senyor Hawkins.

—No li feu res! —cridà Marion desfentse de la muralla d'homes i corrent vers la porta del compartiment.

—Entreu amb mi, senyora! —féu Sibley.

Un dels assaltants va sortir a coberta, i dos es quedaren dins la cambra de popa vigilant el capità, que s'havia deixat caure a la butaca, davant la taula, amb la mirada perduda.

Sibley donà una ullada a Hawkins el qual, entre la febre, havia entès poc o molt que passava un daltabaix, i deia, neguitós:

—Marion, què és? Què és?

—Sóc jo, Sibley, el pilot, senyor —declarà el cap de l'assalt—. No tingueu por, estareu ben atès.

Anà a regirar els baguls, mentre Marion s'ho mirava amb repugnància indicible. Escampà tota la roba per terra, un parell de llibres, d'un dels quals es desprengué un full solt. Al cap d'uns instants, trobà el que buscava: al fons de la caixa de Hawkins, una pistola. Se la posà a la cintura.

—Us podeu quedar amb el vostre marit, senyora. Però no sortiu de la cambra, si us plau. Ni vós ni la donzella. Entengueu que, tots quatre, el senyor Buxton —no va dir capità—, el senyor Hawkins i vosaltres dues heu estat reduïts. Quan serem en alta mar, ja ho veurem.

Va inclinar-se, féu un senyal als altres homes i aquests sortiren. Un d'ells es quedà a la porta amb un fusell a les mans.

Sibley passà pel costat del capità com si aquest no hi fos, anà en un prestatge del fons i s'endugué també les dues pistoles que hi havia. Mogué, mentrestant, aquella espatlla seva.

—La munició ja la buscarem després —va dir, com si estigués explicant quelcom al capità.

Sortí de la cambra de popa. A proa, un pilot d'homes de l'antiga tripulació s'amuntegava, braços caiguts, sota les armes apuntades dels assaltants. Eren cinc antics tripulants i, comptant-hi el que havia quedat de sentinella a la cambra de popa, cinc de «nous». I Sibley, que feia el número sis.

—Escolteu-me, vosaltres: hola, Hurtherton, hola Domier, i tu, pillastre de Torlini... Lacorte... i els altres. Ara sóc el capità. El contramestre i els altres cinc mariners han desertat. S'han quedat a terra. El capità Buxton m'ha delegat a mi el comandament... i si no us ho creieu, m'és igual. El fet és que mano jo. Aquí, el meu amic Carruthers, nou contramestre, a qui heu d'obeir.

Carruthers es dugué la mà a la gorra llardosa. Era un tipus de braços molt gruixuts i pit sortint, més aviat curt de cames. Tenia uns ulls botits, que mai no semblaven mirar de fit.

—Vull disciplina. Total obediència —continuà Sibley—. El destituït capità Buxton era un anyell perfumat, al meu costat. No tinc cap inconvenient a penjar-vos de les vergues si veig algú que em vol contradir o en maquina alguna. Entesos? Farem el viatge previst, només amb alguna variació que ja veureu. Veieu el que veieu, no vull comentaris. Les armes ja les hem preses, i les tenim guardades a proa. Vosaltres lliurareu els ganivets a Carruthers. Res més.

—I el senyor Hawkins? —demanà Hutherton.

—Buxton, Hawkins i les dues dones són presos a la cambra de popa. I que ningú s'hi acosti ni de bon tros. El sentinella de la porta no avisarà, sinó que escopirà foc davant de qualsevol de vosaltres que abordi massa.

Després de dir això, Sibley tornà a mirar els antics mariners un per un. Darrere seu hi havia Carruthers i els cinc nou arribats, tots ells ben armats, i decidits a tot.

—Nut Nutty! —cridà Sibley.

Nut Nutty se li posà al costat.

—Demostra'ls allò que saps fer, Nut Nutty, fill. Els voldria tenir ben convençuts.

El mariner en qüestió, un home amb un garrot de braços impressionant, va fer una rialla de hiena, avançà vers Torlini i, prenent-lo per la cintura, el llançà enlaire com si fos una pilota. Torlini anà a caure, sortosament, damunt un gros cabdell de cordam, i va alçar-se'n esporuguit, dient tot de renecs en italià.

—Nut Nutty pot rompre el pal d'un rem entre les mans, i esclafar el cap de qui més dur el tingui. Així doncs, amics, accepteu la nova situació i feu bondat.

Els antics mariners es miraren els uns als altres, i resignadament van assentir amb el cap. Estaven decidits a sotmetre's.

—Així m'agrada. Ara, ajudeu a pujar els nous bocois.

En un altre bot que portaven a remolc hi havia els tres bocois nous. Els van pujar a bord i els instal·laren al lloc corresponent.

—I l'aigua, doncs? Aquests bocois estan buits —comentà, per als antics companys, Domier.

Sibley ho sentí.

—Encara hem de fer una altra escala. Ja en carregarem, d'aigua. I més coses, carregarem. Ja et puc ben assegurar que no t'ho esperes Domier!

Va riure una mica movent l'espatlla.

—I recordeu, no vull facècies ni traïcions.

El nou contramestre féu una passa endavant i el prengué pel braç.

—Prou de xerrameca, Sibley —va dir Carruthers amb un to de gran familiaritat amb el nou comandant—. Salpem.

—Sí, tens raó. Abans no pugi el sol, aprofitem el vent de terra.

—Au! Tots a la maniobra! —cridà Carruthers.

Els homes, assaltants i antics mariners, obeïren. Llevaren l'àncora. El vaixell, més de pressa que no en singladures anteriors, començà a separar-se i posar distància entre la popa i la costa. Els ocells marins semblaven més bojos en veure el velam que es despenjava, en sentir el cruix de les quadernes, el xiulet que la quilla, cada cop més, arrencava a les ones.

—Sud sud-oest! —cridà Sibley a l'home que havia posat de timoner, que era precisament Lacorte.

—Sud sud-oest, senyor! —respongué maquinalment el timoner.

Al compartiment, Elsa aplicava draps xops de vinagre aigualit al front de Hawkins. Marion passà a la cambra del capità, però va enretirar-se sense dir res quan el va veure amb el cap entre les mans, com un home d'allò més abatut.

La mar oberta feia que la nau capbussés constantment. El vent esdevenia més fort. Tindrien un matí esplendorós.

Però les feres de la nit continuaven mestresses del vaixell de dia.

10 *La càrrega de la bodega*

L'ENDEMÀ fou al cap de poca estona. S'havia fet de dia amb una rapidesa quasi brutal. El vent terral empenyia amb força la nau, però aquesta bogava a mitja vela, decantada tant més com buscava de mantenir-se paral·lela a la costa.

Sibley apartà d'un cop de mà el sentinella de la porta de la cambra de popa i entrà amb energia, picant fort de peus.

—Senyor Buxton! —cridà.

—El capità aixecà el cap que tenia ficat entre les mans.

—Senyor Buxton —repetí Sibley repenjant-se pesadament amb totes dues mans a la taula—. Ara vindreu amb mi fins a la porta. I això ens ajudarà molt a tots. Vull que veieu la llum del sol uns instants.

El sentinella de la porta tornava a tapar l'obertura amb la seva esquena. La camisa, amb un dels faldons caiguts, li espetegava amb el vent.

—Capità Buxton! —se sentí la veu de Hawkins. Possiblement Marion ja li havia contat què passava.

—Anem, capità... senyor Buxton —es corregí Sibley, fins i tot amable malgrat les seves bufades ínfules de mesquí manaire.

Mentre avançaven fins a la portella, on van quedar-se, Carruthers havia congregat tota la tripulació, fora del timoner, en una pinya entorn del pal major. S'hi barrejaven els antics membres de la marineria i els assaltants. Tots miraven el capità, una novetat per als qui acabaven d'arribar, una sorpresa per als antics. Carruthers anà fins a Buxton i, passant-li al darrere i prenent amb les dues mans un bon cordill que duia entre les dents, lligà els braços de Buxton al darrere, ajuntant-li dolorosament els colzes. La marineria semblava de pedra, com estàtues que mantenien uns ulls molt oberts.

—*Mamma mia!* —gemegà en veu baixa Torlini, el cuiner.

Elsa espià un instant per darrere el sentinella de la porta i deixà anar un xiscle.

—Volen matar el capità!

Sense girar-se, Sibley cridà:

—A dins, aquesta dona!

I a continuació, mentre el sentinella empenyia Elsa de mala manera, Sibley s'omplí els pulmons d'aire i va cridar:

—He tret el senyor Buxton que el veiéssiu bé, perquè allò que us deia abans de la disciplina i del rigor i de l'autoritat és del tot veritat. Mano jo, mano jo i només jo. A la cambra de popa hi haurà el capità i el senyor Hawkins amb la família. Senyor Buxton —va afegir adreçant-se al capità—: durant unes hores us quedareu dret on sou, al marc de la porta, fins que jo ordeni que entreu. Mentrestant, la rutina a bord continuarà. Ja veieu —acabà, altre cop parlant a la marineria— com estan les coses. Qui vulgui anar a fer companyia als peixos, només cal que faci alguna rucadeta. Si no compleix la feina i ajuda en tot, a l'aigua. I si fa alguna acció per ajudar el senyor Buxton o els Hawkins, el penjaré. Els meus cinc lleials i el senyor Carruthers són amics meus des d'abans que jo fos contractat per al *Dofí Rialler.* I ara, tothom a la tasca.

Mentre es dissolien i anaven qui a les cordes qui a la neteja, miraven la decandida figura del capità Buxton, lligat, sense capell, desfeta la cabellera, però així i tot mantenint dret el cap.

Com a bons mariners, la seguretat de la nau era la primera cosa de què havien de tenir cura, i per tant s'aplicaren a les tasques de la manera més normal possible.

Sibley entrà a la cambra, fent a un costat el capità, i sense mirar-se'l. Anà a la gran taula i consultà les cartes de navegació. Sibley sabia interpretar-les bé i es posà a estudiar alguns detalls que, per al seu propòsit, no veia prou clars. Després, sense trucar, entrà a la cambra de Hawkins. Aquest estava incorporat, suat, i Marion havia comprovat que no semblava tan enfebrat com el dia abans. Elsa li estava donant aigua i Marion, dreta vora el llit, tenia els braços plegats i mirava desafiadora el nouvingut.

—¿Recordeu, senyor Hawkins, que havíem comentat amb el capità senyor Buxton, quan aquest era capità, que el *Dofí Rialler* tenia una bodega de molta capacitat? Doncs, ens anirà la mar de bé per al carregament que d'aquí a unes hores hi encabirem, sabeu?

Hawkins féu un senyal de prohibició a Marion, que volia increpar Sibley. Fou ell, amb veu ronca i carregada d'ofec, que digué, des de la seva prostració, amb energia recuperada:

—Tinc febre, Sibley. T'has revoltant contra el capità i contra meu. Ets un pirata d'allò tan vulgar. Has humiliat el capità Buxton i has portat l'esglai a la meva esposa. Tens l'oportunitat de matar-me ara. Si vols tenir una llunyana possibilitat de salvar la teva pell de gos, agafa la pistola i remata'm. Si em poso bo, haig de viure per veure't la carcassa penjant de la forca!

Sibley no esperava que Hawkins parlés així; Jim Hawkins sempre havia estat jovial, i molt afable. Ara parlava venjativament, durament, amb amenaces. Sibley, però, era un tipus que, quan volia dur a terme quelcom, ho feia malgrat totes les invectives que li llancessin. I sí que va tenir l'impuls de bufetejar Hawkins. Però la mateixa valentia del malalt el va fer desistir. Llavors, trobà una solució que li semblà definitiva, i que no era més que una fugida per la tangent.

—No sabeu el que dieu! —engegà i, quasi precipitadament, sortí de la cambra i se'l sentí donar veus de comandament violentes per coberta.

—Buxton!

Hawkins havia cridat, però Marion li féu avinent que estava lligat i obligat a romandre a la porta de la cambra. Hawkins, amb un gemec, quedà prostrat i aclucà els ulls. Marion li tornà a posar draps al front.

—Què ens faran? —mormolava Elsa.

—Alguna en porten de cap, però no amb nosaltres —va dir Marion—. N'estic segura. Sibley té aires de negociant. I pel que veig, els seus homes li són prou lleials. Els devia tenir preparats amb anticipació.

Una forta bandada els indicà que la nau havia virat. Marion va pensar tot seguit en el capità i mirà cap a la porta on estava Buxton, però aquest no s'havia mogut, o havia ja recuperat l'estabilitat. Marion llavors corregué a la finestra de popa. Es veia només la mar.

—Hem virat. Ens dirigim a terra —anuncià perquè ho sentís el seu marit.

Cada cop que provaven d'espiar per la porta, en direcció a coberta o a la borda, el sentinella les feia entrar una altra vegada. No tenien altre espiell que la finestra de popa. Gradualment la nau va estabilitzar-se, i van poder veure que havien llençat l'àncora en una badia tancada amb platja al fons i la selva que arribava quasi a l'aigua. Però des d'on elles podien mirar no es va veure en tota l'estona cap persona, ni del vaixell ni de la costa.

Buxton, en canvi, pel fet d'estar al marc de la porta, veié molt més i endevinà, mal de son grat, encara moltíssim més.

El moviment dels homes de bord indicava grans preparatius. La costa es veia molt més propera que no la del port anterior, on havien desaparegut Ogden i els cinc tripulants. Unes barcasses llargues, en forma de llaguts, esperaven a la platja. Des del *Dofí Rialler* foren arriades dues barques més i dos homes s'hi enfilaren. En ser a baix, començaren a remar vigorosament cap a terra.

La marea estava pujant i Buxton sabia que en aquelles latituds trigava unes llargues hores a iniciar la retirada. Això havia permès d'ancorar ben a prop de la costa, i molt segur devia estar Sibley de poder carregar còmodament. ¿Què devia voler carregar, i perquè havia al·ludit a la capacitat de la bodega quan parlava amb Hawkins, conversa que ell, Buxton, havia sentit prou bé?

Per la costa es movien altres figures i, bo i la distància, semblava que s'escoltava algun dring metàl·lic indefinible, com arrossegall de ferrets.

Uns instants la vivor de la llum solar féu aclucar els ulls a Buxton. Quan els tornà a obrir i fità la mirada altre cop per damunt la borda vers la costa, es quedà glaçat, quasi sense poder veure el que realment veia. No li calia espolsar la testa i enfocar més bé la mirada. El que veia era una corrua de negres encadenats avançant al llarg de la costa: llavors, en veure d'on sortien, va distingir, entre els cocoters i uns arbres de lianes espesses, una mena de gran cobert. I allí dins en la penombra podia veure's com s'anaven aixecant més figures i, en filera encadenada, apareixien a la llum del sol i enfilaven platja ençà.

Els ulls es desplaçaren i amb una punta d'esglai inevitable van veure que un dels llargs gussis estava ja carregat i, empès per quatre remers, es dirigia al *Dofí Rialler*. Un home, dret, tenia un fusell als braços. L'altra llarga canoa estava sent carregada. Els dos bots sortits del veler havien arribat a la platja i carregaven d'altres negres.

Buxton no sentia el dolor de les cordes als braços ni cap altre sentiment que el d'una desesperança inexplicable. Algú li podria contar què havia passat? Confiava que en trauria l'aigua clara algun dia si sobrevivia

a tot aquell malson. ¿Sibley havia estat des del primer dia un traïdor que tenia planejat de segrestar el vaixell un dia i a una hora previstos? ¿O havia començat a maquinar tota l'operació quan eren a les Illes Canàries? El fet terrible és que el *Dofí Rialler* esdevindria, en pocs minuts, un veler negrer. El viatge a Amèrica, el viatge de noces de Hawkins, serviria per portar esclaus al continent. Molts vaixells havien iniciat aquest tràfic innoble: de totes les nacionalitats, homes sense cap escrúpol arrencaven de llurs tribus africanes joves i noies i els portaven, més amuntegats que els més desgraciats animals, a través de l'Atlàntic fins al Golf de Mèxic, o a algun indret de la costa oriental del sud dels Estats Units, carn de treball humiliada fins a nivells d'infern.

Buxton sabia que molts dels negres, desacostumats a la mar i a les cadenes, i víctimes de tota mena de malalties, morien en plena travessia, i que, per això precisament, els velers en carregaven molts més dels que hauria estat desitjable per tenir un xic de condicions de transport: tot això li feia venir una angúnia mortal, alhora que desvetllava en ell una violència interior desacostumada.

—No! —va engegar, amb tota la força dels seus pulmons, i el sentinella i tot va esverar-se.

—Aquí, aquí! —va cridar, quasi clavant la baioneta al ventre de Buxton i girant el cap per si venia algú a ajudar-lo. Fou el mateix Sibley qui intervingué.

—No res. Ha cridat perquè té por. Oi, senyor Buxton? Mireu, ara ja veieu el carregament que anirà a les vostres precioses bodegues.

—No us en sortireu, Sibley, no us en sortireu. El *Dofí Rialler* no és un vaixell negrer. El sobrecarregareu, els negres poden amuntegar-se a la bodega cap a un costat i desequilibrar la nau. Jo m'hi pensaria.

—Consells, ara, Buxton? Bah!

I Sibley tornà a la borda. Els presoners, enronquits, salmodiaven alguna cosa a la barca, els seus crits, que semblaven venir d'un pou, es barrejaven amb el soroll de les cadenes, que agitaven constantment.

—Amunt! —ordenà Sibley—. Nut Nutty, tu al davant!

11 *Tercera carta de Marion*

Dilluns / divendres...

Estimada tia Cecília:

Aquí ens tens, amb l'ànim encongit, enmig de l'oceà, en una nau que havia de ser de glòria i que s'ha convertit en nau de condemnació. Hem passat les primeres setmanes de navegació sota una pressió enorme: la bodega plena de salvatges africans —i dic salvatges per raó de la vida natural que duien abans de caure en les mans d'en Sibley i els seus aliats— encadenats. El capità fet presoner i reduït a una quasi immobilitat. Quan penso que hem estat víctimes d'una violència tan, tan gran, em posaria a plorar. I ben bé que vaig fer-ho els dos primers dies que succeïren a l'assalt del vaixell pels Ullals, que és com Elsa diu als homes de Sibley; després, entre que Jim se sobreposà a les febrades i anà eixint del perill, i el fet que ens havíem d'acostumar a la nova situació, només un sentiment d'horror ha continuat a la base de la meva vida de cada dia, que, per la resta, de fora, semblaria prou normal.

Però res no és normal. Diu el capità Buxton que naveguem amb massa drap, que en aquests paratges de l'Atlàntic pot venir un reforçament sobtat dels vents i desarborar-nos. Afegeix que, si per alguna raó ens desviem de la ruta o ens manqués vent, no ens arribarien les provisions. Als negres de la bodega a penes si se'ls dóna menjar i ben poca aigua. Elsa ha recollit converses dels mariners segons les quals només de passar pel reixat que en tapa l'entrada, puja de la bodega una pudor immunda, pitjor que la del més agre racó d'una cort de porcs. En aquestes setmanes els negres no han sortit de la bodega, i hem sentit comentar que n'han mort vuit, que Sibley ha fet llançar al mar sense cap pudor ni pietat, ni una oració. Oracions, ell! Ara hem vist la seva veritable cara: aquest home no deixava sospitar, de bell començament, com era de debò. És un ambiciós de diner, i un aprofitat sense cap escrúpol, fred. Aquell moviment de l'espatlla que té, me'l fa ara més sinistre.

Va venir a parlar amb Jim i Buxton quan ja havíem fet moltes milles de navegació, tal vegada el quart o cinquè dia. Havia entrat d'altres vegades a consultar les cartes de navegar, però, fet això, se'n tornava. Ni ell ni Buxton no pronunciaven cap paraula. A Jim ni el volia veure, després del que el meu home, amb tot el coratge i la força capaç d'arreplegar enmig de les febrades, li havia dit. Déu sigui lloat, que les febres ja li han desaparegut, i es va refent. Ja està moltes estones assegut, per bé que jo diria que li convindria prendre una mica el sol i l'aire de fora.

Bé, doncs, Sibley, el negrer, va anunciar que venia a parlar amb tots nosaltres. Jim el va tallar tot dient que amb nosaltres només tenia una cosa a fer: retre's i oferir-se pres i esperar el judici dels tribunals en arribar en un port que no fos de negrers. Sibley insistí que tots sortiríem guanyant amb una conversa, i el mateix capità Buxton aconsellà a Jim que el deixéssim parlar.

«Senyors —començà el traïdor—, no he volgut fer-vos cap dany i faré tots els possibles per no aclaparar-vos en cap moment. El meu pla és de portar aquests cent-cinquanta negres que tenim a baix, a un port del Golf de Mèxic, on es refaran durant una setmana i després seran recollits pels compradors que els han de dur als mercats americans. El meu objectiu, veieu, és simplement comercial. Que m'hagi emparat del vaixell no vol pas dir que hagi de fer el corsari ni desplegar bandera negra. Ara bé, el meu objectiu el duré a terme, i, si algú m'ho vol impedir, no tindré cap mena de consideració. Amb el que trauré de l'operació de venda dels esclaus, en tindré per quedar-me a viure com un senyor a Amèrica. Per tant, una vegada jo hagi desembarcat la mercaderia, vosaltres tornareu en possessió del *Dofí Rialler*, i aquest podrà continuar rient.

»Tot això vol dir que sou els meus presoners i ho sereu fins al desembarcament de la mercaderia; i, fet això, alguns dels meus homes encara us acompanyaran mar endins i us deixaran al paire, mentre ells retornaran amb bots a la costa. Us mancaran mariners per completar la tripulació, car us en queden només cinc: això us obligarà a reclutar marineria en algun altre port. Mentre, jo ja seré on les vostres denúncies no em puguin esquitxar.

»Continuareu aquí dins, a les cambres de

popa, sense sortir-ne. Tindreu les vostres racions de menjar i d'aigua. Res més.»

El capità Buxton es posà dret mentre tots els altres, comptant-hi Sibley, romaníem asseguts.

—M'heu de contestar una pregunta, Sibley: què vau fer amb Ogden i els altres mariners?

Una rialleta es mantenia a la boca de l'antic pilot mentre se li movia espasmòdicament l'espatlla.

—No podeu deixar-me sense resposta —insistí Buxton—. Sóc el responsable de tots els meus homes!

Sibley es posà dret, lentament.

—No m'aixequeu la veu, senyor Buxton. Però no patiu: els meus col·laboradors de terra ferma es van fer càrrec del senyor Ogden i dels altres. No sé ara què deuen fer però les meves instruccions eren que no els deixessin anar fins que el *Dofí Rialler*, amb la seva preciosa nova càrrega a bord, no fos ben lluny de les costes africanes i rumb a les d'Amèrica. No, no els vam fer cap dany: els vam obligar a beure un rom molt fort i, apa, a dormir mentre jo m'emparava del vaixell. I prou preguntes! Aquí us quedeu!

I, abans de tornar a abandonar la cambra, es girà:

—Qüestió d'una mica de paciència. Jo també vaig haver de tenir-ne per fer veure que els bocois s'havien esberlat tot sols...»

Això coïncidia amb els dies que Jim ja començava a veure's les orelles, i recuperava energies. Jim, tot seguit que Sibley se n'hagué anat, va asseure's a la taula del capità Buxton i, més o menys, van tenir aquesta conversa, que Elsa i jo escoltàrem atentes:

«—Ja heu sentit la cosa, capità.

—Senyor Hawkins, decidiu. O ens estem quiets, o comencem a buscar la manera de capgirar la situació.

—I com? No tenim les armes, no podem comunicar-nos amb la part de tripulació que suposem encara fidel... no podem ni sortir d'aquí: ens porten el menjar mariners dels cinc assaltants, que Elsa anomena els Ullals.

—És precisament a través del menjar que podem establir algun missatge.

—I com?

—Mireu: les culleres tenen l'espàrrec encaixat dins el mànec. Això vol dir que un d'aquests mànecs pot ser enretirat, i s'hi pot posar algun paperet...

—Ho descobriran.

—No: en tot aquest afer del menjar, les safates i els plats, Sibley no s'hi fica. És al cuiner que hem d'apuntar. Demanem-li en un paper si sap quants homes continuen fidels a Hawkins i a Buxton.

—Almenys, això.»

I ho vam fer. En la tramesa del sopar, quan el mariner dels Ullals vingué a enretirar les safates de les deixalles i els plats bruts. Elsa li ensenyà una cullera desmanegada.

—Digueu al cuiner que aquestes culleres perden el mànec, i així no podem anar enlloc —li va dir fent posat d'enutjada—. Penseu —va continuar aixecant la veu quasi agressivament— que els senyors m'han escridassat a mi. Com si jo en tingués la culpa!

Torlini, astut de mena, es va pensar que alguna se'n cuinava; nosaltres imaginem que devia comprovar que tots els altres ganivets estaven ben afermats de mànec, per la qual cosa érem nosaltres qui, intencionadament, provocàvem la situació.

No va passar res, de moment. Dos dies després, però, Elsa tornà a queixar-se al mariner, tot ensenyant-li una cullera el mànec de la qual ballava. «Però no s'ha desprès

—explicà Elsa—. Només és que està fluix, sabeu?»

Des d'aquell moment Torlini devia comprovar l'estat de les culleres a l'anada i a la tornada dels coberts. I així degué descobrir el paperet que Buxton li envià: «El capità vol saber quants homes fidels tenim». La resposta fou molt més enginyosa que no ens havíem figurat que seria. Torlini començà a cridar i a flastomar, tot amenaçant que ens deixaria sense menjar als de popa. I fent posat de gran enuig, i sense coneixement de Sibley, aconseguí que el sentinella el deixés passar. Quan fou a la nostra presència —això sí, vigilat pel sentinella, que s'havia girat cap a nosaltres— s'exclamà:

—Jo sóc el cuiner i sóc responsable de cinc, cinc homes que hi havia abans, *cinc homes ferms i bons mariners,* i de tots els altres que han vingut jo no sé d'on. I ningú no s'ha queixat fins ara. Vosaltres veniu amb menudències de mànecs i culleres! Us denunciaré a Sibley, i veureu! Les culleres estan en perfecte estat, tant com les armes. I movia el braç en una inequívoca direcció, cap a la part de proa.

Se'n va anar, i ja en vam tenir prou. El cuiner ens havia dit que els cinc homes que quedaven de l'antiga tripulació ens eren fidels. I que les armes eren a proa.

No vam pas passar a l'acció, de moment. Buxton va dir una cosa que em colpí: «Arribarà un moment que Sibley ens necessitarà. No pot ser que li surtin les coses rodones com ell pretén, així, sense més ni més. I quan ens necessiti, l'hi farem ser.»

I EL VATICINI del capità va acomplir-se. Ja tot ha canviat un xic. De primer, després de la primera tongada de la carta, vam tenir uns dies de quietud total. Devíem trobar un sector de calma xitxa, o com se'n digui, i el vaixell a penes si arreplegava vent. Buxton estimà que això ens retardaria. «I el menjar i l'aigua... no sé —comentava. Malament rai.»

Hi hagué unes corredisses per coberta, veus apressades, i tot de neguits. Ens en vam adonar des de dins la cambra. Elsa, sempre agosarada, li va dir quatre penjaments al sentinella perquè no la deixava que tragués el cap a fora. El sentinella, tot remugant que s'hi jugava les orelles, la deixà espiar. Elsa va veure Lacorte, que s'adobava el calçat damunt una caixa.

—Lacorte!

—No pots parlar amb ningú, mossa —li deia el sentinella.

Però Elsa, tretze són tretze. Demanà a Lacorte què passava, i el mariner li va dir que els negres, a baix, s'havien revoltat. Fins a nosaltres havien arribat a estones una remor més forta que de costum. Era com si unes calderes deixessin anar el bull a la panxa del vaixell. Sibley, amb dos pistolons a la mà, es plantà al cim de l'escala que baixava a la bodega.

—Digue'ls que callin, retrons! —va ordenar a un dels negres, que més o menys entenia el que li deien, i feia de guia.

Elsa, atenta a l'escampada de rumors i mitjes notícies del que passava, va saber que una dona de les de baix, havia de tenir una criatura. Els negres, i sobretot les negres, invocaven els déus benefactors i volien alliberar-se de les cadenes per executar entorn de la partera les danses rituals. Per això estaven tan violents.

Quan Elsa em comunicà aquest fet, em vaig armar de valor. A la compassió que vaig sentir per aquella negra ajaguda com una bèstia damunt les fustes de la xopa bodega, s'ajuntava la repulsió que experimentava per la conducta d'homes com Sibley, capaços de voler acabar per la violència aquella cridòria i protesta.

Sibley engegà un tret cap a baix. Immediatament, en comptes de callar, els africans i africanes aixecaren més les seves veus, en un clam que feia posar els cabells de punta.

—No baixis! —demanà a Sibley Nut Nutty—. Estan furiosos i encara que en matessis un o dos et farien a miques a mossegades.

—Doncs què he de fer? —va exclamar Sibley, suorós.

Vam adonar-nos, en aquella calma xitxa, que la nau s'escorava de babord, perquè els africans s'havien apinyat tots en un racó de la bodega, esglaiats pel tro del dispar de Sibley. I, com havia dit el capità, aquella sobtada mobilitat de la càrrega desequilibrava per uns instants el vaixell.

Llavors vaig sortir de la cambra. Aquest cop el sentinella no va gosar dir-me res. Jo devia dur la més gran determinació a la mirada. La tripulació lliure de maniobra s'aplegava entorn Sibley.

—Deixeu-me que jo hi baixi —vaig demanar.

Sibley es va girar amb els ulls encesos de terror, el terror de la negra carn revoltada de baix. Els negres, a baix, havien tornat al centre de la bodega. I ara no xisclaven, però feien una rítmica remor, car devien estar cantant les cançons de la naixença que, de sempre, la tribu havia entonat.

Alguna cosa devia passar pel magí de Sibley que li féu recuperar a poc a poc la seguretat en ell mateix.

—A risc vostre personal, senyora —va dir.

Jo vaig començar a baixar els esglaons, seguida d'Elsa. Un moment vaig dur-me el davantal a la cara, tan insuportable era la fortor d'aquell ambient sense cap ventilació ni cap llum. En la penombra lluïen els ulls dels africans. Però només de passar jo, lentament, per entre ells, llur posat es féu pacífic. Es miraven aquelles dones blanques amb una mirada que no deia res, però tampoc no amenaçava. El guia que feia un xic d'intèrpret, va dir-me:

—Petit. Nen.

I s'enretirà, i amb ell tot de dones, encadenades com tots ells, es feien també enrere. A terra vaig veure la mare i el nen. Ella era una noieta de cos molt flac, ulls enormes, que semblava a penes respirar. Una veïna seva sostenia el nen, embolicat en draps de cap color.

Jo vaig mirar l'intèrpret.

—Llet. Farem portar llet per a la mare.

No sé si em va comprendre, però jo vaig tornar sense novetat a coberta i vaig encarar-me a Sibley.

—Ha nascut un nen, a baix. Cal donar llet a la mare.

—Llet? —semblava estranyat.

—No teniu unes cabres? Llet, he dit.

—No podem passar sense? Què faran quan veuran que arriba un bol de llet? S'hi tiraran tots a sobre! Vós em feu riure, senyora!

—Doncs no rigueu. Aquests negres de baix, si portem llet a la mare jove, no solament la hi donaran tota, sinó que s'amansiran. Veuran per primera vegada algun senyal de bon tracte.

—El cert és que a vós no us han fet res.

—Naturalment! I, escolteu —vaig afegir—. Vull llibertat per portar-la-hi jo mateixa. Vull que els que vós anomeneu presoners puguin sortir de la cambra de popa. El meu marit i el capità Buxton.

—De moment us atorgo que sortiu les dones per donar la llet a aquesta... negra de baix. Només ho faig per tenir els negres encalmats. Però Hawkins i Buxton, no pas encara.

Aquell vespre jo vaig fer munyir la cabra i vaig baixar la llet a la partera. I l'endemà al matí. I els negres de la bodega semblaven tots ells pendents només de la criatura que, amb la mare alimentada, xarrupava al seu torn. Els dies següents Sibley es va convèncer que jo era l'arma per mantenir a ratlla els africans. Vaig aconseguir que deixessin pujar alguns negres a coberta una estona, per grups, cada dia. No era gaire, però s'airejaven poc o molt. La llàstima són les cadenes —van encadenats de dos en dos— que no les hi treuen mai. Sibley no en vol sentir ni parlar.

La sort que ens espera no la sabem. Han millorat un xic les coses? No sabria dir-ho, però el fet que hagi pogut contribuir, ni que sigui una mica, a alleujar l'estat dels negres, em consola. Tia Cecília, sé que aquesta carta tampoc no et pot arribar. Però a través de la mar t'arriba el meu afecte de sempre.

Acabo de sentir uns mariners comentant que s'acosta un temporal. Que Déu ens ajudi.

Marion

12 *Sa Majestat el vent*

—AIXÒ no pot durar —va comentar el capità Buxton després de tornar a estudiar la carta del damunt de la taula—. Som més enllà del meridià 50 i entrem en zona de tempestes. No m'estranyaria gens que la tan anunciada galernada es desfermés d'un moment a l'altre. Sibley en tindrà un feix. A més a més, se li moren els negres amb un goteig desastrós.

Jim Hawkins pensà que el capità Buxton tenia tota la raó en aquest darrer punt. Quasi cada dia els mariners havien de baixar a la bodega i retirar-ne més cadàvers. Les infeccions intestinals, els prolongats efectes del mareig, el «mal de l'esclau» o la malenconia que els duia a una mena de bogeria de quietud i a un apagament general, feia estralls entre els africans. Hawkins pensava també que potser Sibley, al capdavall, no faria tant negoci com es pensava.

Però també ells, Marion, Elsa i, sobretot, Buxton, sentien els efectes d'aquella situació. Mal menjats, car Torlini no disposava de prou rebost, sempre amb perill que l'aigua de què disposaven es fes malbé i els originés malalties de ventre o de pell, vivien uns dies de malson.

Buxton, demacrat i interiorment abatut, tenia paciència, tot esperant algun senyal que li fos favorable. Ell i Hawkins havien descartat cap moviment violent de reprendre el comandament del veler: arriscaven massa, entre d'altres motius perquè hi podia haver un bany de sang, i perquè els negres de baix a la bodega serien els més malparats en l'aventura.

—¿El més urgent és trobar la manera de poder maniobrar a bord sense haver de pensar en els africans, voleu dir? —demanà Hawkins.

—Exactament. Potser és somiar massa, però Sibley, tot i ser un pilot expert, si es troba enmig d'una tempesta de debò, tal vegada hagi de recórrer a nosaltres.

Hawkins féu que sí, i es posà a estudiar

el mapa. Va assenyalar amb el dit un punt.

—L'Illa del Tresor, és clar —va fer el capità Buxton.

Jim Hawkins va enretirar el dit. A la carta no hi havia cap senyal.

—Ni als mapes no figura —explicà—. Però és aquí.

—Ja ho sé. Només un miracle, però, ens permetria d'arribar-hi. Vull dir que només hi podem recalar per accident. M'imagino que si s'acompleixen els designis de Sibley, i desembarca els negres al Golf, en el viatge de retorn no tindreu humor de visitar la vostra Illa del Tresor. Que, deixeu que us ho digui, no fa l'efecte que us doni bona sort..., dobles i florins a part.

Hawkins aixecà les celles.

—No sé què dir... bé, si les coses es presenten com de vegades he somiat, decidirem. Ara perdríem el temps imaginant, tot per res.

L'endemà el vent augmentà de força i les ones portaren la mar de maregassa a mar grossa. Elsa, de primer, hi bromejava un xic i deia que s'hauria de posar plom a les sabates, però després començà a fer cara llarga. El vent continuava augmentant i Sibley féu reduir velam. El xerric de l'exàrcia i el xiscle desesperat dels bossells era eixordador. Del fons de la bodega tornava a pujar el clam dels negres, sacsejats, rodolant per efecte de les bandades. A més a més, les cadenes els havien encetat canells i turmells, i part del clam que se sentia no era altre que la suma i superposició dels gemecs per aquell dolor general. Els mariners que baixaven la mica de menjar i l'aigua als negres asseguraven que hi havia autèntiques tolles de sang a terra.

—És una situació que no pot durar —repetí Buxton—. Amb una mica de tempesta que ens visiti, Sibley haurà d'afluixar.

—No ho veig gens clar —es malficiva Hawkins.

Però el temporal féu el miracle. La mateixa marineria, a les dues hores de galerna, estava aterrida; l'home del timó havia hagut de lligar-se perquè les onades que envaïen la coberta no se l'enduguessin. Els embornals a penes si tenien temps d'engolir i llançar a mar el doll que corria per la coberta de manera quasi contínua, car tot just semblava que l'aigua havia lliscat enfora que ja una altra onada irrompia per qualsevol de les dues bandes.

Un feix de veles i cordes que hi havia api-

lades vora la mitjana foren endutes cap a la borda i, rompent la regala, es precipitaren a l'aigua. Calgué fixar la botavara i ni els quatre homes que s'hi aplicaren se'n sortien. Estaven tots fatigats, rebentats i al mateix temps començaven a desconfiar.

La tempesta continuà tota la nit, i si bé algunes estones el vent alentia la velocitat, i la pluja, que s'hi havia afegit, no semblava tan violenta, les onades no decreixien perquè, com explicà el capità Buxton, la tempesta devia ocupar un gran espai de l'oceà i això no permetia que la calma arribés en poques hores: en algun indret devia haver-hi encara, i no molt lluny, l'ull de l'huracà.

Buxton va adonar-se que no tenien sentinella a la porta, i que, o bé un cop de vent se l'havia endut, o l'havien cridat per ajudar en les tasques de contenció dels estralls de l'huracà.

No fou fins a l'alba que el vent cedí en la força, tot i que mantenia la mar entre grossa i maregassa. Allò seria glòria comparat amb el sotragueig, les estrebades, l'aiguat, el rompre's de cordes i caps i l'esberlament de fustam.

Sibley havia agafat personalment el timó. Mirava endavant, amb ulls envermellits, com si no hi veiés. No hi havia cap altre mariner a coberta i Hawkins, que havia seguit el capità Buxton fora de la cambra i recorria la malmenada coberta, suposà que haurien caigut rendits de son, i estarien a les lliteres de proa.

Només Torlini havia aparegut, no se sabia d'on. Estava prop del trinquet, al peu de l'arbre, i mirava amb atenció els reforços. Movia el cap amb desaprovació.

Buxton i Hawkins s'hi acostaren. Giraven el cap endarrere i van mirar descaradament Sibley el qual no va dir res. Torlini els va saludar amb breus paraules:

—Aquest pal està molt malament.

En efecte, la base del trinquet estava somoguda. Si en aquell pal hissaven les veles, es podia rompre.

—Llàstima —comentà Hawkins—. Creieu, capità, que podem continuar el viatge?

—Si no hi ha un altre temporal, amb el drap dels altres dos pals només. Aquest... —i mirà enlaire, cap al pal despullat—, aquest no pot dur veles. Ni una.

Se sentí una veu a popa:

—Nut Nutty!

Sibley havia alçat la veu, reclamava la presència del tenebrós mariner.

—Nut Nutty! —tornà a cridar amb més energia i impaciència.

—Abans no vingui Sibley, senyor —va dir llavors apressadament Torlini—, us voldria confiar això.

I de dessota el davantal va oferir amb la mà una peça metàl·lica. Formava dos angles rectes, com una doble T.

—D'on ho heu tret? —demanà Buxton, admirat.

Pero Hawkins se li avançà i es desà la clau a la butxaca.

—De primer, amaguem-la —va dir.

—L'he trobada tot just sortir a coberta. Durant la tempesta li devia caure a Sibley, enteneu! —va explicar Torlini—. Estava allí, vora el pallol de la dreta.

—Em penso que ens serà ben útil, Torlini. Sou prou llest —va fer Hawkins. Però ja Buxton es girava perquè Sibley arribava a passes ràpides. Buxton no deixà que Sibley prengués el primer la paraula.

—Aquest pal trinquet està a punt de rompre's.

Sibley caparrejà una mica.

—Us ho advertim —afegí Hawkins— perquè no hi armeu veles de cap tirat. Cauria tot damunt la coberta.

—Em voleu acompanyar a la cambra? —va fer Sibley en un to que no era una ordre, sinó més aviat una invitació.

Passaren per damunt el reixat que menava a la bodega. La fortor pujava en una columna calenta, ofenosa.

Arribats a la cambra, Buxton, sense que Sibley digués res, estengué la carta de navegació.

—És possible que ara hàgim entrat en una zona de vents molt fluixos i, carregat com duem el vaixell, no avançarem prou amb el drap de dos pals. Si el vent augmenta, navegarem molt desequilibradament, per l'absència del velam del trinquet.

I va callar. No estava disposat a donar cap solució al problema. El problema era de Sibley. Mentre, Hawkins observava Sibley que ara feia anar el compàs damunt el paper. Una de les puntes quasi tocava el punt exacte, no assenyalat en el mapa, de l'Illa del Tresor.

—No em contesteu si no voleu —sospirà Sibley—. Però, si canviàvem una quarta a l'oest i ens adreçàvem a... —i va assenyalar un dels punts del mapa— tindríem temps de recalar-hi i, fondejat el vaixell, fer-ne la reparació.

Buxton no deia res. Sibley mirava alternativament Hawkins i el capità, amb una punta d'angúnia als ulls.

Hawkins es posà entre Buxton i el pilot.

—La solució no és recalar en una illa on hi hagi gent, Sibley. Què en fareu dels negres? Us descobriran. I no sabem de cap illa on hi hagi només negrers. I més us diré encara: vós sou un intrús en aquest negoci, se us veu d'una hora lluny. No esteu dins el ram, heu robat un vaixell i heu carregat africans. Molt bé, ara ja els teniu a bord. Creieu que en una illa de negrers us tractarien com un dels seus? Estic convençut que ens escorxarien a tots, us prendrien els esclaus i a vós us tirarien als taurons.

Sibley es dugué la mà a la cintura, com si anés a treure la pistola davant un perill cert i immediat.

—La solució és una altra, Sibley. L'Illa del Tresor.

Sibley mirà el mapa amb atenció. El dit de Hawkins assenyalà el punt precís.

—Aquí. Veieu que, tal com ens ha deixat la tempesta, portem el rumb exacte. No crec que ens falti sinó un dia més de marxa, tot i comptar amb la mitja vela que portem ara per arribar-hi.

I s'enretirà una passa.

—Haig de consultar-ho amb els meus homes —advertí Sibley— Espero que hi estiguin d'acord.

I, anant vers la porta, sortí a coberta:

—Nut Nutty! Avisa Carruthers! On són els altres?

Va sentir les passes d'un mariner i es girà cap a un costat. Més passes. Buxton i Hawkins, que havien anat darrere Sibley, van veure aparèixer, sobtadament, dos homes, però no pas els esperats per Sibley. El pilot estava amenaçat per dos fusells, sostinguts per Lacorte i per Domier. Sibley s'havia quedat fet una estàtua.

—Grans canvis... —va dir en veu baixa Hawkins.

—És la nostra —decidí Buxton. I quasi d'un bot, prengué la pistola a Sibley, quan aquest anava a empunyar-la.

—Capità Buxton! —cridà una veu. Hawkins reconegué la de Sam Hutherton—. Capità Buxton! El mico de Nut Nutty continua al timó, però li perilla el fetge si fa un moviment en fals. El vaixell és nostre, Capità! La tempesta ha obert la porta del recambró de les armes!

—On són els meus...? —Sibley no acabà la

pregunta. Però la hi respongué Lacorte.

—Al pallol de proa, ben lligats. Ah, durant la tempesta n'ha volat un a mar. Carruthers i els altres Ullals estan ben segurs perquè, gràcies a Déu, hem conservat algunes cordes. De lligar... o de penjar, segons que ordenareu, capità Buxton!

De cua d'ull Hawkins va veure que Marion i Elsa havien sortit a coberta i es mantenien abraçades, plorant de goig.

—I l'altre, Nut Nutty, té el fetge en perill, he dit! —cridà l'invisible Hutherton—. Capità, per molts anys! A les vostres ordres!

Des del pallol de proa, els dos homes fidels que encanonaven els negrers reduïts, van repetir la frase «a les vostres ordres».

Hawkins estrenyé la mà de Buxton.

—Torneu a tenir el comandament de la nau... senyor.

Buxton tingué un moment d'emoció, quasi tremolava. Se sobreposà i acostà la cara a la de Sibley.

—Al pallol, amb els altres, Sibley.

Sibley va ser conduït al pallol, on el van lligar.

Buxton ordenà que també Nut Nutty tingués la mateixa sort.

Jim Hawkins va dir amb un to de veu que no oferia dubtes:

—Si un sol de vosaltres, i vull dir tots vosaltres, Sibley, Nut Nutty, Carruthers i els altres dos, fa un sol moviment de rebel·lió o prova de fer el viu, jo, com a patró del vaixell, no us llançaré a mar —que és el que potser vosaltres faríeu— però tinc una arma millor. Mireu!

I amb l'astorament de tots, però sobretot de Sibley, exhibí la clau que li havia donat Torlini.

—Serveix per desfermar els grillets dels esclaus negres. Al primer de vosaltres que faci el viu el tiro a baix, amb els africans. Us imagineu el que duraríeu, a les seves mans?

Buxton havia posat Hutherton al timó i després anà a la cambra, va aseure's a la taula i comentà a Marion, que li portava un got:

—Miracles com aquest en passen pocs. Què és, això?

De darrere Marion va sortir Torlini i ho explicà:

—Jo sempre tinc un garrafonet de bon rom, senyor, per moments especials.

—Serviu-ne una gerra a cada un dels mariners fidels, Torlini.

Torlini féu que sí.

—Gràcies, senyora Hawkins —va dir, somrient, Buxton.

El cambrer, en ser a la porta, demanà:

—I al senyor Hawkins, també li'n dono?

Elsa, que entrava llavors de coberta, li ventà un cop de davantal:

—Poca-pena! Quines coses de demanar!

Llavors se sentiren els xiscles de les aus marines. Un albatros va caure a coberta, i Hutherton va dir que era perquè venia de molt avall de l'hemisferi sud, i no tenia forces per arribar a terra. Ho explicava a crits als altres.

—Deixeu-lo, no el maregeu. Quan arribarem més a prop de terra, ja haurà reprès forces i l'aviarem per la borda. Segur que ens acompanyarà fins a terra.

Marion sortí a coberta, portant un altre got per al seu marit.

—Ha estat un malson —va dir-li.

—Sento que hagis d'arribar a l'Illa del Tresor en aquestes condicions —comentà Hawkins—. Em sap greu de debò. No havia d'haver projectat aquest viatge.

—Potser l'Illa del Tresor serà la solució per als negres —va dir Marion amb aire pensatiu i alhora esperançat.

13 *Brogit a l'illa*

—QUÈ VOLS DIR? —demanà Hawkins.

—Jim: no ho entens? Ara és l'oportunitat d'alliberar els negres de la bodega.

—Alliberar? Deixar-los tots a l'illa? Algun cop he pensat en aquesta solució. Però deixa'm dir-te que quan jo vaig ésser-hi, a l'Illa del Tresor no hi havia quasi res: unes cabres salvatges, i pocs fruits dels arbres. Ben Gunn s'hi va poder mantenir. Déu em valgui, i com enyorava el formatge!

Li va venir un breu accés de riure. Continuà:

—Mira: que un home sol sobrevisqui en una illa quasi deserta és possible, però unes bones desenes, quasi un centenar de persones, ho veig difícil. Aquesta gent, aquesta pobra gent...

—Tanmateix, és el que hem de fer. Deslliurar-los de les cadenes i dur-los a terra. Segur que s'espavilaran a sobreviure. Els indígenes, perquè estan en contacte sempre amb els elements naturals, saben aprofitar-los bé, no ho creus?

—En parlaré amb el capità. Que hi digui també la seva opinió. El que no podem fer —tot i que seria el millor per als pobres africans— és tornar-los en un altre viatge a través de l'oceà, a l'Àfrica. Hem de pensar en el vaixell avariat.

El fet de tornar a ser els amos del vaixell els havia donat un impuls que era com recomençar una vida que havia estat en perill de perdre's. Hawkins i Marion passaren el dia recorrent el vaixell, i Torlini, que havia llançat uns palangres considerables, els féu un plat de peix com no n'havien menjat abans en tot el viatge.

Buxton havia calculat què caldria fer, i ho comentà a Hawkins.

—Senyor Hawkins, abordarem l'illa (espero que durant la maniobra estareu al meu costat), per l'oest de l'Illa de l'Esquelet.

Fins i tot Marion mirava, fascinada, l'Illa del Tresor en la reproducció que Jim Hawkins havia fet fer a un deliniant conegut, i que ara tenia estesa damunt la taula. Buxton, abans de salpar, havia estudiat ja la configuració de l'illa, però durant la travessia havia estat més pendent de calcular el rumb i de mirar les constel·lacions que no de concretar la maniobra d'acostament.

—Em sembla molt bé —féu Hawkins. Ara, en certa manera, beneïa el fet que tants d'esdeveniments dramàtics haguessin ocorregut durant la travessa, perquè tot això donava sentit al viatge, era com si justifiqués tota l'aventura. Poden alliberar els negres...

—Fondejarem al mig de la badia i desembarcarem els africans. I jo dic: llavors, què? ¿Els hem de deixar a la bona de Déu o els hem d'instruir sobre l'illa i les seves possibilitats?

Hawkins rumiava.

—Aquell que els fa de guia i que entén una mica el nostre llenguatge els pot explicar les probabilitts que tenen de sobreviure. De moment, seran totalment lliures: això han de comprendre-ho bé, en tot el seu abast —va dir—. Nosaltres també farem una inspecció a l'illa, i els mariners podran reparar el vaixell. Tenim tots els elements i les eines i allò que Ogden malauradament no pot fer, que ho faci Domier i que l'ajudi Hutherton. Tallar fusta, clavar, calafatejar, si convé.

—Aquests detalls, deixeu-me'ls a mi —reclamà el capità—. Seran els negrers, i el traïdor de Sibley al davant, els qui repararan la nau.

La tarda va passar sense novetat. Avançaven amb poca vela, orsant un xic, escoltant tothora la cantilena dels negres, a baix, que semblaven o més apaivagats o més abaltits.

—Ocells, senyora, els heu vistos? —deia Elsa.

—El capità diu que som prop de l'Illa.

—Si em permeteu dir-ho, ja tinc ganes de trepitjar terra ferma. Des de les Illes Caderneres que no ho he fet.

—Canàries, no Caderneres, Elsa.

—Ui, que toixa sóc!

—Podràs desembarcar, podràs. Esperem que l'Illa ens agradi. Però ens agradi o no, aquí veníem.

Hawkins, aquella nit no va dormir gota. S'endormiscava un xic i el sobresaltava tot d'una una veu que venia de molt, molt lluny: «Peces de vuit!» o veia l'esgarrifosa figura del cec Pew, i escoltava un cop més, com arribant del fons dels anys, el perbatre sec del seu bastó contra les lloses de l'entrada de l'Almirall Benbow. Tota l'antiga aventura de l'Illa del Tresor, Gos Negre, el capità

Bill Bones amb la cicatriu a la galta... i la rialla de llop de John Silver, tot retornava ara que, com qui diu, tocava altre cop les costes baixes de l'illa. Marion, ajaguda al seu costat, bo i adormida, li passava la mà pel coll i el pit, provant d'assuaujar-li el son i encalmar-lo com a un infant enfebrat.

A punta de dia el xiscle de les gavines arribava amb un brogit nou, enyorat i al mateix temps com descobert per primera vegada: el brogit del vent entre els arbres de la costa. Havien arribat a l'Illa del Tresor.

—Terra a la vista! —havia dit sense massa entusiame el vigia.

Hawkins, amb la ullera de Silver, es repenjà en una de les escales de corda i fità la costa baixa de l'Illa de l'Esquelet, l'illot que tancava quasi pel sud l'Illa.

—Veus? —va dir a Marion, que havia sortit també acompanyada d'Elsa—. Recordo tots els accidents, tots els punts de l'illa. Allò és el grup de tres muntanyes del mig, la més alta és la de la Ullera i allò altre és la franja pantanosa per on baixa el barranc... Em sembla, però, que hi ha més vegetació que quan vaig venir-hi per primer cop.

Buxton parlava amb Domier, ara al timó. Els mariners que havien pres la nau comandats per Sibley continuaven lligats al pallol.

—Què farem amb aquells? —demanà Hutherton al capità Buxton, des dels estais de babord.

—Jo els posaria de dos en dos els grillets dels negres... —va dir el capità.

—I si els deixàvem a l'Illa? —suggerí Hawkins.

—Els negres els destrossarien. Segurament la mateixa por de tenir blancs que els poguessin tornar a esclavitzar els faria reaccionar amb violència extrema. Ara bé, se'ls pot proposar.

—He preguntat el que he preguntat —aclarí Jim— perquè és que no sé què fer: també podríem arribar-nos en alguna illa poblada i lliurar-los a les autoritats.

—Els haurien de fer judici, i nosaltres hauríem de declarar, i tot seria una dilació molesta. Jo, certament, els deixaria triar, entre quedar-se a l'illa o tornar amb nosaltres, però empresonats.

—Recordo que a l'anterior viatge vam deixar dos dels revoltats a l'illa, i que quan salpàvem, corrien per la platja demanant-nos, amb crits esgarrifosos, que no els deixéssim, que no els abandonéssim. Aquest grup d'aquí el formen cinc persones... potser sobreviurien més bé. Ara, res de deixar-los armes, com vam fer amb aquells altres. Si tenien armes, acabarien tornant a fer esclaus els negres, ara per posar-los al seu servei.

—Ja ho decidirem. Pensem ara a entrar a la badia, i ancorar. De seguida baixarem a terra, farem una inspecció del terreny i procedirem a deslliurar els negres. Vosaltres, repasseu les barques!

Dos dels tripulants obeïren, examinant els rems dels tres bots que hi havia a bord.

—Quina profunditat tenim? —demanà Buxton.

—Cinc braces, senyor —anuncià Hutherton, que sondejava el fons.

—Arricu del tot!

—Àncora! —va ordenar al cap d'una breu estona.

El vaixell quasi tocava fons. Però sabien que estaven en marea baixa i que no hi havia perill d'embarrancar. No eren gens lluny de la costa, des d'on els arribaven barrejats els xiscles de les aus marines i el xerriqueig de l'ocelleria de la selva.

—Com trobeu l'illa? —demanà el capità, encuriosit.

—Al cap de tants d'anys, em sembla més

espessa de vegetació. No sé si pot haver-hi canviat el clima.

—Els corrents marins es reforcen, de vegades, i creen noves platges, o el règim de vents transporta llavors noves —comentà el capità—. Però, en fi, quan vós dieu que hi ha més vegetació, és que n'hi ha més. Tinc ganes de menjar fruita fresca.

14 *Un desembarcament singular*

HOM PODIA percebre des de qualsevol racó de coberta que al vaixell hi havia un neguit generalitzat. Elsa no separava la vista de l'illa, fascinada per l'oneig de la tofa dels arbres al grat del vent. Havien arriat tota la vela i no hi havia un resquill d'ombra enlloc de coberta.

—Marion: el somni es realitzarà — va dir, baixet, la veu de Jim.

Marion, agafada al braç de Jim, mirava amb relatiu interès la platja. Comprenia que a ella l'illa res no li deia, que hi havia vingut per complaure el seu marit. I sentia un temor especial, una mena de tremolor endintre de pensar, ni que fos boirosament i entre els refusos continuats de la seva consciència, que el seu marit pogués, ara i allí, sofrir algun destret.

El capità Buxton reuní els mariners i disposà qui d'ells s'encarregaria dels bots amb què els africans serien duts a la costa. Els explicà com els deslliurarien, per tal que tota aquella misèria i aquell dolor acabessin.

—Això també ens alliberarà de la sempre perillosa circumstància d'una epidèmia o una revolta salvatge —explicava—. Dos de vosaltres dureu els rems del primer bot, amb uns vint negres. A la platja els traureu les cadenes, i tornareu per carregar el segon grup. Naturalment dos sereu els remers, i un tercer, armat, vigilarà. El guia dels negres anirà a cada viatge, i tornarà. Nosaltres prepararem, mentrestant, un altre grup d'africans. Cal que vagin tranquils, enteneu?

—I a la platja, no se'ns abraonaran a sobre, un cop els hàgim tret les cadenes?

Jim Hawkins s'afegí al cercle.

—Permeteu-me, capità: no heu sentit, vosaltres, que el guia anirà amb ells a cada viatge? A ell li haurem explicat tot ben bé. I, en tot cas, si reaccionaven excitadament una vegada deslliurats, cosa que no crec, més aviat m'inclino a pensar que fugiran selva endins, dispareu un tret a l'aire.

Ja s'arriava per la borda el primer bot i hi baixaven els dos remers i el fuseller. Era un bot gran, i hom pensava embotir-hi els africans al fons del buc.

—Jo baixaré a la bodega a parlar amb el guia —s'oferí Jim.

—Feu-lo pujar: serà millor que a baix no hi hagi converses massa llargues —recomanà Buxton.

—Vull baixar amb tu —demanà Marion a Jim.

Ho havia dit perquè a ella ja l'havien rebuda bé anteriorment els negres, en ocasió de l'episodi de la llet.

—Capità? —demanà consell Jim.

El capità féu que sí amb el cap, i Jim i Marion començaren a baixar les escales. Domier, armat amb el fusell, es quedà al començament de les escales.

Aquella atmosfera era irrespirable. Hi havia una calor pudent, que Hawkins tot just si resistia, però que Marion suportava amb una envejable fortalesa. Hawkins s'adreçà al guia, que ja s'esperava dempeus, una mica ajupit, per tal com el seu company de cadenes es mantenia agenollat, possiblement massa feble per aixecar-se.

—Hem arribat a terra —va explicar Hawkins.

—Terra. No aigua —va fer el guia.

—Això. Terra. Us portarem tots a terra.

—No! —va fer en veu baixa el negre—. No! A la nostra terra!

—Calma't —demanà Marion, i li posà una mà al braç. De mica en mica s'anaven posant drets els altres cossos, la majoria esquelètics.

—Calma't —repetí Jim—. Aquesta terra no és d'homes que encadenen. No cadenes. Nosaltres us deixarem lliures.

Hawkins feia acció de separar els braços com si rompés les cadenes.

—Ara, escolta bé —continuà Hawkins—. Tu pujaràs amb nosaltres a dalt —ho acompanyava amb gestos— i t'explicarem bé com ha d'anar tot.

I acte seguit es tragué la clau i destravà els grillets que subjectaven els canells del guia. El pes dels grillets els féu caure a terra. El company que havia fet parella amb el guia s'arrossegà ell i grillets, endins de la bodega. Hi hagué un murmuri general.

—Puja. A poc a poc.

El guia s'enfilà per les escales de quatre grapes i en sortir a coberta es tapà els ulls amb els avantbraços, perquè la prolongada penombra de la bodega els havia deixat a tots amb la vista debilitada. Féu un gemec i en sentir-lo els altres companys seus començaren a cridar.

Marion i Hawkins anaven darrere el guia.

Buxton es tragué el barret i va agitar-lo pel davant del negre; aquest lentament separà els braços del seu front.

—No perdem temps —va fer Buxton—. Tenim molta feina a fer. Tu, vine.

Prenent pel braç el negre el dugué a la borda. Li ensenyà l'illa, a menys de cinc-cents metres, i la barca que esperava vora el casc.

—Anireu en grups, *en grups* —i estenia les mans dos cops, en gestos que indicaven la suma de vint— a la terra. Allí se us trauran les cadenes, entens?

—Ca... de... nes —repetia el negre.

—Tu, Domier, fes pujar l'altre que anava encadenat amb aquest —ordenà Buxton.

—T'acompanyo —féu Hawkins.

Un cop foren novament a la bodega, buscaren el company del guia, i els costà de trobar-lo, car per alguna obscura raó, s'havia ben amagat entre els altres. No volia pujar i hagueren de demanar a crits al guia que el convoqués ell. Finalment, mig arrossegant-lo, se l'endugueren dalt.

—Mira. Recordes com hem fet amb tu?

—Crac. Crac.

Hawkins explicava al guia que amb tots farien el mateix.

—M'ha semblat que n'hi havia tres més d'estirats... comentava Domier al cuiner.

—Prova tu, de desfer el teu company —convidà Hawkins.

El guia, amb més habilitat que no hauria semblat en algú que no havia fet sevir mai una clau ni un rossinyol, destravà els grillets del seu company. Tots dos miraren, amb un moviment de cap incrèdul, com els ferros queien a terra. El segon alliberat es dugué les mans al pit, es llepà un dels canells malferits pel fregadís de tants de dies, i, després d'una correguda, anà a baix un altre cop, rodolant per les escales i proferint crits de victòria que més aviat eren udols. L'eco a baix fou immediat, i això convencé els responsables del vaixell que convenia novament tornar a encalmar els negres.

—A baix! De pressa —ordenà Hawkins.

El guia fou el primer a baixar, però, contra el que Hawkins i Buxton esperaven, en comptes d'apaivagar els ànims, anà al fons de la bodega i començà, amb rapidesa, a obrir grillets. Aviat mitja dotzena de negres corregueren cap a les escales, i ni Buxton ni Hawkins foren capaços de deturar-los. Els altres, esperant ser alliberats, es van concentrar tots prop de la sortida, mentre el guia no donava l'abast a desencadenar.

Domier, dalt de l'escala, fou tirat a terra, l'arma anà a parar lluny, i entre els xiscles de Marion i Elsa, que contemplaven la inaudita escena, els negres, després d'assenyalar la terra, la platja i les palmeres, començaren a saltar per la borda. Alguns pujaven de la bodega de dos en dos, encara encadenats, i també es precipitaven al mar, tal vegada creguts que l'aigua no era profunda.

Per no ser rebolcats per terra i trepitjats, Hawkins i Buxton, fent alçaprem, es desplaçaren part enllà, fins al fons de la bodega, mentre el guia, com si hagués trobat un gust infantil a fer allò, girava i girava la clau de cada parell de grillets que se li oferien. Fins que Buxton, després d'haver provat d'imposar-se amb la veu, agafà de terra una barra de grillet i copejà el cap del guia. En aclofar-se aquest a terra, Hawkins recuperà la clau. Els negres que quedaven es van quedar paralitzats.

Domier tornava a aparèixer a dalt, novament amb el fusell.

—Han saltat a l'aigua! —cridà, desesperat.

Hawkins i Buxton botaren escales amunt com cabres salvatges. Marion i Elsa xisclaven, esgarrifades. Des de la borda es podien veure els braços dels indígenes que no sabien nedar, agitant-se desesperadament, xipollejant en les darreres estrebades de la poca energia que els quedava. Alguns, es movien amb prou gràcia dins l'aigua i avançaven vers la platja, on de segur arribarien sense novetat. No podia calcular-se els qui se salvarien, en tot cas, comptant que els que havien quedat a la bodega fossin transportats a terra dins la seguretat de les barques, Hawkins estimava que potser per sota dels cinquanta indígenes podrien habitar l'illa.

—Desgraciats... —deia Buxton—. Desgraciats! No ho hem fet bé, això, no ho hem fet bé!

Se'l veia aclaparat. Hawkins provà de dir, però Buxton, recuperant un posat autoritari, es limità a donar una ordre:

—Domier! Torlini! Feu pujar els de baix, amb la baioneta apuntada!

Posant-se la mà al cap, on rajava un fil de sang, el guia aparegué a coberta, seguit de tots els altres negres, encara encadenats

de dos en dos. Buxton acostà la seva cara al guia.

—Anireu a terra en barca! Si algú es belluga no serà deslliurat dels ferros fins que serem a terra!

Eren en conjunt una vintena d'homes i dones, aquestes en molt més petita proporció. La dona que tenia un fill nascut durant la travessa formava part del grup.

—Vull desembarcar amb ells —oferí Hawkins.

—D'acord —respongué Buxton—. Jo em quedo a bord, de moment.

Acompanyat de Torlini, Hawkins baixà a la barca, i esperà que els negres baixessin per les escales de corda: Marion i Elsa anaven desfent-los els grillets just quan estaven a punt de despenjar-se. Aquest cop ni un sol dels africans no es precipità pel seu compte a l'aigua. La barca quedà curulla. Hawkins, en previsió de qualsevol eventualitat, portava dos fusells, i Torlini un pistoló a la cintura. Remaren lentament, amb el callat carregament que feia enfonsar la barca per sota de la línia de flotació. El vent arrissava la superfície, i algun dels negres ficava els canells malferits dins l'aigua.

Marion i Elsa, dalt de coberta, feien costat al capità, que observava curosament la maniobra. Ajudats del guia, Torlini i Hawkins sostingueren la barca quan la seva quilla topà amb l'arena de la platja i es desestabilitzà uns instants. Torlini ja havia saltat uns metres abans.

Immediatament els negres, ells i elles, posaren peu a l'arena i contemplaren la selva, que en certa manera els era familiar. Després, a indicació del guia, s'hi endinsaren, caminant lentament, formant un grup. El guia romania vora Hawkins.

—Ets lliure —li deia Hawkins—. Nosaltres, gent de pau.

I ajuntava les mans, se les colpia suaument, feia tot de signes indicatius de la seva bona voluntat.

El guia entenia, admirat, que ja no hi havia cadenes. A poc a poc va endinsar-se també a la boscúria. Però abans que el perdessin de vista, Hawkins s'adonà que rompia una llarga branca, molt dreta, d'un dels arbres, i se'n feia un mandró, la primera arma que es fabricava en aquella nova terra. Jim parlà:

—Torlini, ara que he tornat a petjar aquesta terra, no sé pas què pensar. Tot ha estat tan diferent de com ho imaginava...!

Mirà cap al vaixell, quasi lluent sota el sol, i agità la mà en senyal de salutació, esperant de ser vist per Marion. S'adonava, mentrestant, que quasi tenia mandra de tornar a explorar tota l'illa per tal de comprovar si el record que en tenia era exageradament positiu. Per aquella vegada es limità a remuntar el coster i penetrar a la selva una estona, acompanyat de Torlini. Van veure molts ocells, però no pas cap cabra salvatge. Que hi hagués cacera abundant era important per als negres que hi deixarien, però de segur que, si no hi havia bèsties en escreix, els africans s'espavilarien també a pescar. L'illa del Tresor no era gaire gran, però aquella cinquantena d'homes i dones hi podien constituir una comunitat autosuficient.

De sobte, Hawkins recuperà l'optimisme. Va aturar-se, i posà la mà al muscle de Torlini.

—Saps? Tornem al *Dofí Rialler.* Farem un segon viatge a l'illa tots nosaltres. Per ara, ja hem executat una sèrie de bones obres, diria.

Quan arribaren a bord, trobaren que Buxton havia complert la promesa de ferrallar els captius amb els mateixos grillets que havien portat els negres. Però els havia engrillonat mans i peus. Mai no s'havia vist, en tot el món d'aleshores, uns presoners tan ben subjectes.

—Quan vulgueu, podem explorar l'Illa, senyor Hawkins —anuncià Buxton—. Aquests minyons ens guardaran el *Dofí Rialler*.

15 *Darrera carta de Marion (Un dia...)*

Estimada tia Cecília:

Ara estic segura que jo i la carta arribarem alhora a la teva presència: tant li fa, escric perquè en sento la necessitat. Han passat més coses que no hauria imaginat i, sobretot, la manera com han passat i el que signifiquen i significaran per a mi em fa estar en una exaltació gloriosa, alhora que constant.

De primer, Jim ha pogut realitzar el seu somni daurat, tornar a l'Illa del Tresor. Tanmateix, hi ha hagut moments que m'ha confessat que no l'atreia tant com havia pensat de bell començament. Ara bé, calia veure'l endinsar-se per l'Illa petjant amb la cura que un fidel petjaria les lloses d'un santuari... Jim *és* l'Illa del Tresor. Ben cert que era un marrec la primera vegada que la vida l'hi dugué, però ara, més dominant i més home fet, continuava amb l'emoció de les antigues aventures.

Deixant només un mariner de guàrdia al vaixell, vigilant els encadenats —Sibley, Carruthers i els altres Ullals—, vam anar tots a terra. Fou el mateix Jim qui volgué durnos a nosaltres dues i el capità Buxton. Elsa va mullar-se les faldilles de valent, impacient com estava per saltar a la sorra i rebutjant els braços de Hutherton, el qual, imitant el que Jim havia fet amb mi, es brindava a transportar-la en un curt vol de la barca de la platja.

Aviat vam trobar una font entre roques. L'aigua, després d'haver consumit la que dúiem als bocois durant la travessa, i que ja pudia un xic, ens va semblar baixada del cel. Així vaig expressar-ho i el capità em va respondre que ben bé devia ser així, perquè les muntanyes en aquella illa eren prou altes. Jim tornà a dir el nom dels pics, presidits per la Ullera. Vam recórrer un bon tros de terreny, pujant, baixant, fins que vam arribar en un coster on, quasi a la part més alta, es dreçava el fortí.

Jim tenia un nus a la gola. El fortí oferia el sostre caigut, i només hi quedaven les quatre parets. La porta havia estat arrencada per algun cop de vent furiós i no se'n veia ni rastre. Gran part de la palissada era a terra, corcada, i els trossos que quedaven dempeus tenien tot d'enfiladisses entorn.

Jim va tocar reverent les parets, els orificis de bala que s'hi veien. M'adonava que rememorava cada instant de la batalla amb els pirates.

Depassat el fortí, vam tornar a baixar vers una vall enfonyada, on hi havia cocoters. Vam fer provisió de fruits per al vaixell. No vam veure cap animal fora dels ocells, abundosos, i alguns ben grossos. Ni cap negre.

—Els africans es deuen haver dirigit a la part més extrema de l'illa, sempre fugint dels blancs —comentà Elsa.

—No els en blasmo —va fer, sincerament convençut, Jim—. De la manera que els blancs els han tractats, fugint-ne sempre hi sortiran guanyant.

—I què faran, per viure? —demanà, tota intrigada, Elsa.

—Tenen més avantatge que no pas nosaltres —explicà Buxton—. Saben estar en contacte amb la natura, els animals, les arrels i els fruits. Si d'entre ells n'hi ha que hagin viscut prop d'algun gran riu o llac —cosa que m'inclino a creure després d'haver vist com un grup d'entre ells nedaven, i amb deseiximent—, llavors ensenyaran als altres com pescar.

—Si abans de llevar l'àncora no hem vist cap africà —opinà Jim—, jo proposaria de deixar-los una caixa amb destrals, fils, hams i una xarxa, tot ben disposat, a la platja on hen desembarcat. Estic segur que un cop el veler s'haurà allunyat, ells baixaran a la platja. La possessió dels artefactes que he dit els facilitarà la supervivència a través de la pesca.

—Bona idea, senyor Hawkins— digué el capità—. I ara, si us sembla, retornem al *Dofí Rialler*. Hi passarem la nit. Demà —continuà girant cua i emprenent ell la marxa el primer—, posaré els negrers a treballar en la reparació dels desperfectes de la nau. I a la tarda, altre cop ells encadenats, nosaltres tornarem a explorar l'illa.

—Què te'n sembla? —va demanar-me Jim.

Jo em vaig acontentar de posar el cap a la seva espatlla mentre baixàvem fins a trobar el camí que, vorejant la zona del rierol, menava a la platja. Elsa havia fet un bon ram de flors salvatges que, en arribar al vaixell, disposà a la taula on menjàvem. Torlini, bo i recorrent la platja, havia descobert uns bells crancs, i aquella nit ens en féu una sopa.

—*Domani, ucellame* —deia.

—Que què? —demanava Elsa, tan sorpresa de sentir aquells mots com si s'hagués tractat d'una molt llunyana llengua.

—Que demà provarà de fer-nos algun ocell. Espero que en caçarem més d'un —digué Jim—, perquè veig que, un cop passades les aventures més perilloses, se'ns ha obert molta gana!

Aquella nit Jim va dir-me, quan ja érem al llit:

—Fa estrany, aquesta quietud, ara que no es mou el *Dofí Rialler.*

—A tu pot fer-te estrany —vaig dir-li, més ensonyada que altra cosa— però jo porto son endarrerida i, movent-se o no movent-se el vaixell, penso dormir com un soc.

L'endemà al matí el capità disposà que als empresonats se'ls desfessin els grillets de les mans i se'ls mantinguessin posats els dels peus, llevat de Sibley i Carruthers, els quals ell mateix, acompanyat de Lacorte i Hutherton i proveïts d'eines, s'endugué a terra. A migdia havien tornat amb la barca carregada de troncs secs, dels quals farien llates. A la mateixa coberta i valent-se de l'arsenal d'eines que Ogden havia deixat a bord, els presoners afaiçonaren la fusta i procediren a fer les reparacions convingudes, Hutherton els hi acompanyava. Els presoners no obrien boca, i se'ls veia el mal geni en la fosca mirada i el rictus amarg de la boca. Però tant Jim com jo estàvem convençuts que tot allò era càstig petit pel que ells havien fet, segrestant Ogden i els mariners fidels, i inutilitzant-los a les costes africanes. Buxton mai no se'ls adreçava, però els havia fet amenaçar a través de Hutherton que no tindrien menjar, i només mitja ració d'aigua, si no treballaven bé. Ell havia estimat que, en una setmana, el vaixell podria tornar a fer-se a la mar, perquè les reparacions haurien estat acabades.

Vam tornar a l'illa. Aquesta nova excursió ens permeté de recórrer l'indret de roques difícils on Ben Gunn va aparèixer-se per primera vegada a Jim, demanant-li formatge i donant proves del seu pobre estat mental. Malgrat aquest punt, Ben havia pogut trobar el tresor de Flint i l'havia amagat en una cova, cova que en Jim fou incapaç de recordar cap on queia.

Mentre nosaltres fèiem aquesta excursió, els condemnats a treballs forçats continuaven llur tasca, vigilats per Hutherton i Lacorte, dos homes prou experts i fidels a Buxton perquè nosaltres poguéssim caminar confiats per aquells boscos, roquissers i viaranys.

—Sabeu? —explicava Jim al capità, tot caminant lleuger—. La primera vegada que vaig venir a l'illa vaig estar sota la pressió de trobar el tresor mentre navegàvem, i després sota la pressió del perill que representaven els revoltats capitanejats per John Silver contra el grup format per Trelawney, el doctor i els pocs mariners del nostre costat, als quals cal sumar el capità Smollett, home de coratge i de ferro. Ara, en aquest nou viatge, tot en sembla més bell, la llum més dolça, i descobreixo en l'illa més riqueses, que no tenen res a veure amb l'or i les gemmes. Per exemple, més fruita.

Domier, que ens acompanyava en aquesta sortida, coneixia els fruits del tròpic, perquè havia viscut a l'Amèrica Central, i ens informava de les virtuts i dels sabors de les diferents fruites que trobàvem. Ell mateix duia una sàrria a coll, i l'omplí d'aquells productes.

Ja imaginàvem que Torlini, que avui s'hauria quedat a bord, no podria fer-nos el plat d'aus que hauria volgut, però jo mateixa me l'imaginava tirant la fluixa i movent-la des de la borda, per pescar un peix gros, substitutiu de la carn.

No m'equivocava gaire, car en arribar a bord, el que vam trobar fou una gran tortuga escorxada, la carn de la qual ja s'estava coent a la cassola. Se li havia ocorregut que podria atrapar-la, i així ho féu, amb una xarxa.

Durant dos dies més vam fer viatges a l'interior de l'illa, sense veure rastre dels negres, i aquesta circumstància ja ens intrigava inequívocament, quan al quart dia, en tornar a la platja, vam veure, dalt d'una roca que la tancava per la banda de ponent, la figura dreçada del guia dels africans. Portava a la mà no pas un mandró, sinó una bona llança, ben guarnida, de punta de pedra dura.

El seu aspecte era dominant, fins hauria dit que arrogant. No es movia, però sabíem que ens observava amb curiositat. El capità Buxton era partidari d'esperar que ell fes el primer gest, però Jim, més impacient, va destacar-se del grup i anà al peu de la roca. El negre l'examinà, avançant un xic el cap per veure'l meś de prop. Va reconèixer l'home que l'havia alliberat. Tornà a dreçar-se.

—On són els altres?

A la pregunta de Jim, l'africà no respongué.

—Els germans, on són? Estan bé? —insistí el meu Jim.

El negre va respondre que eren a l'altre cap de l'illa, a tocar de l'aigua. Estaven fent un poblat. Caçaven cada dia, però encara havien de trobar fusta adequada per fer-se arcs. De moment caçaven ocells amb dards i pedres. I també homes petits.

Jim, cridant, va donar-nos aquesta darrera notícia, la qual ens sorprengué desagradablement. Després ens va explicar, rient, que els homes petits eren els micos, la carn dels quals ells trobaven molt gustosa.

—Sembla que s'espavilaran —comentà el capità Buxton—. Ja us ho deia, senyora Hawkins: els africans aquí es trobaran com a casa.

Jim ordenà a Domier que s'acostès amb

la sàrria de fruites i les mostrà a l'africà. Li'n donà tres o quatre perquè d'aleshores endavant poguessin identificar-les i menjar-ne. El guia se n'anà carregat amb fruits i llança.

—La llàstima —comentà Buxton quan ja bogàvem de retorn al *Dofí Rialler,* i tot mirant l'aigua— la llàstima és que en morissin tants, d'africans, durant el viatge i, sobretot, en l'estampida que es produí a coberta.

—No hi penseu més —recomanà Jim. El destí devia esta dibuixat d'aquesta manera i no d'altra.

Havien passat ja cinc dies i el capità Buxton proposà de llevar l'àncora l'endemà. L'aigua per beure la tindríem de la de l'illa, i també part dels fruits, però ens caldria tocar en alguna illa habitada per carregar farina, carn salada, aviram, alguna ovella o cabra, i més coses que fessin falta. Després, rumb a les costes del retorn.

L'endemà, però, ens duria una dilació inesperada, i no pas per raons adverses. En desembarcar nosaltres, amb els nostres dos bots a la platja, els africans que no havíem vist en tots aquells dies, aparegueren tots, com per art d'encantament. Sortiren tan de sobte de la selva, que els nostres homes amartellaren les armes i es disposaren en semicercle com per defensar-se d'un atac immediat. Sort de Jim, que endevinà quin era el motiu de la visita.

—Quiets! —ordenà—. Mireu què porten!

16 *Darrera carta de Marion (L'endemà)*

TOTS vam mirar encuriosits: de darrere la primera filera de negres en varen sortir d'altres, carregats amb fruits de la mena que havíem ensenyat el dia anterior al guia; els portaven damunt de grosses fulles de cocoter i de carbassera, com a ofrena.

Encara ens vam emocionar més —aquesta és la paraula— en veure que dos dels negres portaven, penjat d'un pal, on estava lligat de potes, i ja escorxat, un cabrit.

Amb grans mostres d'alegria ens instaven a prendre aquells fruits i aquella carn, que havien caçat. Jim els volia fer entendre que ara l'illa era seva, d'ells, i que tot el que hi havia els pertanyia. Aquest darrer punt de la propietat no l'entenien, i jo mateixa vaig advertir en Jim que em feia l'efecte que aquells homes i dones eren molt lluny de la nostra manera de pensar: més aviat ells prenien les coses que la natura els donava, i tot era de tots, en aquest cas tant d'ells com nostre, car nosaltres érem els seus amics.

El capità Buxton intervingué i, amb bones paraules va insistir al guia que s'endugessin els presents, i els felicità per haver aconseguit tant de botí. Ells van explicar, a través sempre del guia, que el cabrit l'havien capturat fent una rasa i fent-l'hi caure. No volien saber res del nostre refús d'acceptar aquells presents: si nosaltres no els volíem, ells no podrien tampoc aconseguir que els esperits benefactors els protegissin.

—Voleu que mengem tots, ara, aquí a la platja, aquests fruits? —va proposar inspiradament Jim.

Això era el que volien! No en vulguis més de grans crits de joia, i dispositius de banquet. Aviat havíem fet rotllana, i menjàvem tots d'aquells fruits. Jo vaig recórrer el grup de negres, un xic entristida de veure que en quedaven tan pocs, una quarantena, dels que havien emprès el viatge. La dona de la criatura me l'oferí uns instants, vaig tenir-la en braços com si fos meva. Tots els infants del món són fills nostres, no creus, tia Cecília?

De sobte, d'entre els africans es va aixecar un clam. Fou tot tan sobtat que ens vam esverar, i fins pel meu magí van passar imatges esfereïdores. Com un llampec fugaç, em veia enverinada per aquells fruits, o escorxada minuts després com el cabrit.

Jim va protegir-me amb el cos, perquè alguns africans havien pres un posat amenaçador, mentre d'altres s'apinyaven en un grup, preparats a la defensa.

El bot que, impulsat pels rems de Hutherton i el propi Carruthers venia del vaixell a terra per procedir a carregar les darreres provisions, era la causa de l'excitació dels africans. Havien vist Carruthers i Nut Nutty, i es creien que venien a tornar a capturarlos i dur-los a les cadenes. Ens va costar molt d'amansir-los: sort que Jim amb grans moviments de braços, ordenà als del bot que viressin i tornessin a bord del *Dofí Rialler.*

—Us ben asseguro —comentà Buxton, eixugant-se la suor, quan el bot tornà a perdre's mar enllà— que si mai haguéssim dut a terme aquell propòsit de deixar a l'illa els pirates negrers, no haurien durat gaire abans de morir trossejats.

La reunió amb els negres durà encara una

bona estona. Els africans són gent que fan durar les festes hores i hores, i nosaltres bé havíem de seguir un xic els seus costums: de fet érem els seus convidats, ens havien invitat «a casa seva»!

Tot d'una vam veure arribar per la platja, a peu, i tot xop, Sam Hutherton, el qual havia capitanejat la barca que abans Jim havia fet retrocedir per evitar que Carruthers i Nut Nutty desembarquessin a la vista dels excitats negres. Hutherton agitava els braços, bon xic desesperat. Jim i el capità es posaren drets, més que intrigats, mentre Domier corria a reunir-se amb el mariner, que feia la fila d'un autèntic nàufrag.

Ens va contar, en paraules entretallades que, quan ja eren prop del vaixell, Carruthers s'abalançà sobre el mariner armat, li estirà el fusell i el tirà a l'aigua, mentre Nut Nutty el tombava a ell, Hutherton. El primer mariner va desaparèixer dins l'aigua, mentre ell, Hutherton, queia dins la barca. Quan va despertar-se, es trobà a la ratlla de la platja, on el devien haver llançat els dos fugats.

—Heu dit fugats? —demanà Buxton.

—Sí, veureu: no sé si el pròposit de Carruthers i Nut Nutty era amagar-se a l'illa o prendre el vaixell per sorpresa. Això darrer els era més difícil que bogar fins a l'illa i desembarcar-hi rere aquell promontori, i això estic segur que és el que han fet. I ens han pres els dos fusells i a mi el punyal, també. Què em fareu, capità?

Buxton va tranquil·litzar-lo. Però demanà:

—Anaven amb grillets?

Hurtherton negà.

—No. Per si de cas ens havien d'ajudar a varar la barca, els havia tret a tots dos.

Jim féu un sospir. Els negres callaven, endevinant que en passava alguna.

—Doncs, ja veieu la situació —va concloure el capità Buxton—: tenim dos homes perillosos lliures per dins l'illa. Sempre és millor això que no que s'haguessin emparat del vaixell i procedit a alliberar Sibley. Però hem de passar a l'acció. Què dieu, vós, senyor Hawkins?

El capità encara s'adreçava al meu home sense usar de familiaritat.

Jim es copejà el palmell de la mà amb el puny.

—Hem de capturar-los. Armats, abatrien els negres. Són astuts i deuen estar dominats pel sentiment de revenja.

—Doncs —va dir el capità— vaig al vaixell amb Hutherton i les dames. Les deixarem al vaixell, i Hutherton queda encarregat de la vigilància de la nau junt amb dos homes més. Trieu-los vós mateix, Hutherton. I llavors tornarem aquí Lacorte i jo, amb uns altres dos homes, i tanta munició com puguem. Ara Jim, parleu amb els negres i expliqueu-los de què va tot.

Jo prou insistia que volia quedar-me amb el meu home, però Jim amb fermesa em féu pujar a la barca.

—Tingueu compte! —recomanava jo, del bot estant, camí del *Dofí Rialler*.

—Tenim unes cinc hores de claror, encara —comentà Jim al guia—. Es farà fosc després, després... —deia—. Nit, lluna...

Jim explicà al guia que de dos dels homes dolents s'havien escapat i eren a l'illa. Que el capità tornaria amb armes, per trobar-los i reduir-los. El guia ho reexplicà als seus, i hi hagué un moviment de por entre els negres. El guia traduí a Jim que proposaven d'anar al poblat que es construïen, car temien que els dimonis blancs li calessin foc.

—Tranquil·litza'ls. Val més que sortim tots agrupats i ens despleguem. Segurament és el que proposarà el capità Buxton, Gran Cap.

—Sí —admeté el guia. Quan Buxton tornà amb mariners del *Dofí Rialler* els africans estaven decidits a col·laborar en la recerca i captura dels dos negrers.

—No em fa res de retardar la sortida del vaixell, capità, —va dir Jim quan ja es disposaven per l'expedició. Jim agitava la ullera de John Silver—. Hem de trobar aquell parell de hienes.

—Les trobarem, senyor Hawkins. Ni un pirata lliure, és el meu lema, no sé si ho sabíeu.

Poc després, desplegats en un ampli front, blancs i negres avançaven. La majoria de negres portaven mandrons amb què batien el ramatge, però d'altres anaven proveïts de matxets i baionetes a manera de punyals, que Buxton havia portat del *Dofí Rialler*. Tots els blancs duien fusell i pistoló. Encara que desplegats, Buxton aconsellà que es mantinguessin per parelles, per tal que, arribat el cas, un dels dos membres pogués carregar les armes llargues per a l'altre.

Jim pensà —això m'explicà després— la por que devien agafar els fugats quan van adonar-se que els perseguien. De moment, devien pensar que podrien amagar-se, però una illa petita, quan és «pentinada», com deia Buxton, per tanta de gent, esdevé un immens parany.

Un grup de perseguidors que recorria la costa, va trobar la barca, en una petita cala, amarrada en una roca. Per tant, ja tenien un punt de referència.

Algunes de les senderes i alguns dels sectors eren més fàcilment recorreguts i examinats, d'altres tenien accessos molt més difícils. Alguns dels perseguidors, que sabien seguir rastres, ajudaven molt a esquivar falses pistes.

Jim va adonar-se que els negres caminaven més de pressa que no els blancs, avançaven més segurs per la selva o per les clarianes.

Tia Cecília, renuncio a donar-ne detalls, que per altra banda no conec prou bé perquè jo no hi era. El cas es que, abans de la nit, però ja avançada la tarda, Buxton i Jim van sentir un tret, un sol tret i un crit esfereïdor. Guiats per l'eco, van córrer-hi mentre també molts altres grups acudien a una fondalada. En una fenedura de les roques, al fons, s'hi veien els cossos de Carruthers i Nut Nutty quasi colgats de pedres. Els negres, en descobrir-los, els van abocar tot un tarteral al damunt, tot i que Carruthers tingué encara temps d'engegar un tret.

Potser Buxton hauria desitjat de capturar

vius aquells dos negrers, però els africans havien estat més llestos i expeditius.

Ara ja tenien l'illa per a ells sols. La colla del nostre vaixell féu encara un tomb per tornar a la platja, i ho aprofità per passar pel poblat dels negres, on ja hi havia cinc cabanes de ramatge fetes i d'altres de començades. Eren quasi a tocar a la platja del nord, i Jim encoratjà els malalts que s'havien quedat al poblat. Les privacions del viatge fins a l'illa havien deixat una part dels negres molt debilitats i enfebrats.

«Aquell indret és perfecte: tenen una deu d'aigua ben a prop. La selva és espessa, plena d'ocells, dels quals agafen ous i exemplars adults —explicava Jim—. Ara ja sabem que si mai algun amic nostre toca terra a l'illa del Tresor, només dient el nostre nom serà ben rebut per aquests minyons color de cuiro.»

BÉ, L'AVENTURA de l'Illa del Tresor tocava fi. Ja tothom tornava a ser a bord, s'havien refet els desperfectes, i teníem provisió d'aigua i fruita. Calia, però, completar tot allò amb productes comprats.

El capità, davant el mapa, cridà Jim.

—Veieu? Jo diria que hauríem de tocar port a Santa Cristina. És una illa prou activa en el comerç i podrem adquirir-hi el que ens falti per al viatge de retorn.

—I Sibley, el deixarem allí? —demanà Jim.

—És territori de jurisdicció francesa. Val més que ens l'emportem. I si m'ho permeteu, proposo, si vèiem un vaixell de guerra de Sa Majestat, de passar-los els presos.

Jim es mostrà d'acord.

—Molt bé, doncs —féu el capità. I sortí a coberta. Ordenà a Domier que toqués la campana. La marineria es va concentrar, com era de costum, al peu del pal trinquet.

—Demà salpem en el viatge de retorn —anuncià Buxton—. La marea alta de mig matí ens serà favorable. Que tothom hagi descansat bé.

I girà cua i es ficà a la seva cambra. Jim i jo vam continuar a fora, mentre Elsa se n'anava a dormir. Aviat a coberta no s'hi veia ningú, només nosaltres dos.

Tot havia acabat. Jo tenia una sensació de pau com mai no l'havia sentida. La nit era fosca, sense lluna, però grans estrelles brillaven, blanquíssimes, pures taques de plata en el vellut de la negror. Vaig besar Jim

amb força. Les mans em feien olor de mar, i els seus cabells de fruits de la selva.

Ja a la cambra, enmig d'un silenci que només trencava de tant en tant el cruixit dels macarrons o el grinyol llunyà de l'exàrcia, vaig tornar a abraçar el meu marit. Jo havia trobat el meu tresor a l'illa. Si havia de tenir un fill, sabia que el seu començament, el punt de foc amorós que fóra el seu origen, s'hauria produït a l'Illa del Tresor.

Índex

Col·lecció

EL VAIXELL DE VAPOR

Sèrie Blanca: Primers lectors

Col·lecció

EL VAIXELL DE VAPOR

Sèrie Blava: A partir de 7 anys

Col·lecció

EL VAIXELL DE VAPOR

Sèrie Taronja: A partir de 9 anys

LES AVENTURES DE VÀNIA EL FORÇUT / 3
Otfried Preussler
ELS FILLS DEL BUFADOR DE VIDRE / 7
Maria Gripe
TANIT / 9
Núria Albó
EL NAS DE MORITZ / 12
Mira Lobe
NÚVOL DE NOVEMBRE / 17
Hilary Ruben
PIPET, EL MIQUET DE COLOR DE ROSA / 23
Carlo Collodi
KIMATHI I LA MUNTANYA / 28
Hilary Ruben
EL DRAC DE BAGASTRÀ / 34
Dolors García i Cornellà
BRILLANT / 37
Enric Larreula
FANTASMA DE PROFESSIÓ / 42
Hubert Monteilhet
NOSALTRES, ELS DE VILAXIMPLETA / 45
Otfried Preussler
EL PETIT ROURE / 46
Elena O'Callaghan i Duch
EL CAVALLER GALÀCTIC / 51
Laura Julian
EL SECRET DE LES MÀQUINES / 55
Francesc Sales
EL PLANETA MO / 60
M. Dolors Alibès
EL PANDA DE L'EMPERADOR / 61
David Day
EL FORAT DE LES COSES PERDUDES / 66
Joan Armangué
ELS ESTRANYS AMICS DE LA MARY WOOD / 68
Beatrice Nyffenegger
UNA CASA ALS AFORES / 69
Mercè Company
AVENTURES AMB EL MEU MILLOR ENEMIC / 74
Max Dann
TORNAR-SE XIMPLE / 77
Max Dann

Col·lecció

EL VAIXELL DE VAPOR

Sèrie Vermella: A partir de 12 anys

L'OCELL DE FOC / (4) *Emili Teixidor*
LA FILLA DE L'ESPANTALL / (8) *Maria Gripe*
PIOTR / (11) *Jan Terlouw*
EL TRESOR DEL MOLÍ VELL / (15) *Hannelore Valencak*
LES CARTES DE LA MILA / (20) *Francesc Sales*
EL REI DE KATOREN / (24) *Jan Terlouw*
EN RANQUET I EL TRESOR / (25) *Emili Teixidor*
ELDA I EL CAVALL DE L'EMPERADOR / (29) *Lluís Busquets i Grabulosa*
EL FORASTER QUE VINGUÉ DEL MAR / (32) *Mollie Hunter*
POPPIS I ISOLDA / (33) *Maria Lluïsa Amorós*
ADÉU, SERENA / (38) *Maria Lluïsa Solà*
KÀVIK, EL GOS LLOP / (40) *Walt Morey*
LA CHRISTIE I LA CAÇADORA DE L'INDIANA JONES / (43) *Asun Balzola*
EN RANQUET I ELS SEUS AMICS / (50) *Emili Teixidor*
RODERIC / (53) *Ramon Martí Comes*
AQUELLA TARDOR AMB LEPRECHAUN / (56) *Maria Lluïsa Amorós*
EL CORSARI / (57) *Miquel Rayó*
LA LLUNA DE LES MIL CARES / (58) *Dolors García i Cornellà*
LES COSES DE RAMON LAMOTE / (64) *Paco Martín*
EL LLADRE D'OMBRES / (70) *Jaume Cela*
LA HISTÒRIA DE LA PÄTTI / (75) *Dagmar Chidolue*
SÈMOLA AMB GRUMOLLS / (76) *Dietlof Reiche*
NOU RECORD DE VELLS OFICIS / (80) *Paco Martín*
77 HISTÈRIES / (81) *Miquel Obiols*
LA FREDA HA PERDUT LA VEU / (82) *Jerome Fletcher*
OCELL ROIG D'IRLANDA / (83) *Sandra Gordon Langford*
L'ENIGMA DE L'ESTÀTUA / (84) *E. L. Konigsburg*
A LA PUNTA DE LA LLENGUA / (87) *Miquel Desclot*
EL VIATGE DEL DOFÍ RIALLER / (88) *Josep Vallverdú*
GRAFÈMIA / (89) *Margarida Aritzeta*